政略結婚したはずの元恋人（現上司）に復縁を迫られています

キムラましゅろう

24485

角川ビーンズ文庫

contents

ウェンディ・
オウル
王宮公文書
作成課の新人。
逞しく生きる
シングルマザー
デニス・
ベイカー
王宮公文書
作成課に勤める。
子爵家を継いだ
はずだったが
……？
シュシュ
ウェンディの
愛する娘
クルト
シュシュに
よく似た少年

c h a r a c t e r s

ジャスリン

オシャレな美人。
ベイカー子爵夫人……？

ノルダム

たいへんな悪ガキだった
ウェンディの幼馴染

本文イラスト／笹原亜美

プロローグ　なんでどうしてこうなった？

「……キミの幸せを、心から祈っているよ」

「ありがとう。……貴方も幸せになってね」


本当は別れたくなんてなかった。

別れの理由を納得なんてしていなかった。

職場の先輩として出会った彼、デニス・ベイカー。

私は平民でデニスは子爵家の令息（次男）ということもあり、価値観の相違からよく意見が衝突した。

だけどその度に言葉を尽くして解決しようとする姿勢や、少しでも私を理解して歩み寄ろうとする姿にいつの間にか絆されて、いつの間にか恋情を抱くようになっていた。

そして、いつの間にかデニスと恋人同士になっていた。

私は彼が大好きで、大好きで大好きでたまらなかったのに。

だけど彼の心は私ほどの熱量を抱いていなかった。

ベイカー子爵家の嫡男であるデニスのお兄さんが急逝して彼が子爵家を継がなくてはならなくなった時、私ではなくお兄さんの婚約者であった貴族女性との結婚を決めたのだから。

初めに別れを告げられた時、私はどうしても別れたくなくて泣いて縋った。

何度も何度も二人で生きていく道を探そうと願ったけれど、彼の出した答えは変わらなかった。

ただ「ごめん」と、「キミを巻き込みたくはない」と、それを告げるだけだった。

あぁ……もう彼の人生の中に、私という存在は要らないのだなとその時初めてわかった。

私がどれだけ望もうと、デニスはもう〝別れる〟という答えを出してしまっているのだ。

それならもう、本当にどうしようもないじゃない。

別れを、受け入れるしかないじゃない。

別れは受け入れるけど、彼の選択を理解して受け止めようとまでは思えなかった。

だって私は貴族じゃないもの。

貴族じゃないから家門の存続とか後継や嫡男がどうのとかさっぱりわからないもの。

ただわかったのは、彼が私ではなく〝家〟を選んだという事。

私への愛ではなく、ベイカー子爵家というアイデンティティを選んだという事実。

それでもまだ救いなのは、彼が〝家族〟の為にその選択をしたという事だ。

まぁある意味仕方ないといえば仕方ない。

家族や家を捨てて私を選んで、なんて言えるほど大した女でもないのだから。

大好きだったけど、本当に愛していたけどご縁がなかったと思うしかない。

そうして私たちは別れ、彼と私は無関係な人間となった。

無関係だから、別れる前に私が避妊薬とサプリを間違えて服用して、それによりジャストミートに妊娠してしまった事も、そしてその子どもを一人で産んだことも伝える必要はない。

その子が女の子で、シュシュと名付けて大切に育てていることも伝える必要はない。

シュシュは私だけの可愛くて愛しい宝もの。

その存在を、デニスは今後も知らずに生きていくのだ。

だってもう会う事はないんだから。私たちの人生が交差する事はないんだから。


と、思っていたのに……。


なんでどうしてこうなった？

新しく勤める事になった職場の上司がどうして彼なのっ？

なんで？　領地に戻ってての領地経営はどーしたの？

なんで王都で文官として働いているの？

もうワケがわからないんですけど!?

娘の存在が知られたら困るんですけど!?

いやでもきっと大丈夫。新しい職場でたまたま知り合いが居たというくらいの感覚でいればいい、それだけの事よ。

私たちはもはや他人。気にすることはない。

せっかく手に入れた王宮文官という職を手放すわけにはいかないのだから。

第一章　再会。だけどあくまでも上司と部下です！

「今日から祐筆として配属される事になったウェンディ・オウル君だ。オウル君、こちらが君の直接的な上司となるデニス・ベイカー卿だ。卿は子爵位を有する方だから、そこのところを弁えて接するように」

人事を担当する上司がウェンディにそう言った。

ウェンディ・オウルはその日、やる気に満ち満ちて初出仕となった王宮の公文書作成課で、かつての恋人であるデニス・ベイカーと再会した。いや、してしまったのだ。

人事の文官はトラブルを未然に防ぐ目的か紹介時にデニス・ベイカーの身分を告げた。

ウェンディは驚きすぎて心臓が口から飛び出しそうになったが、決してそれを気取られぬように平静を装った。

だって、向こうはまったく表情を変えずにこちらを見ているのだから。

まるで知らない他人のように。

（……他人か。そうだ、もう私たちは他人なんだから）

「承知しました。はじめましてベイカー卿、今日からよろしくお願いします」

ウェンディは淡々とした口調でそう言い、深々と頭を下げる。

「……よろしく」

デニスは端的にそう告げただけで、近くにいた他の文官を呼び寄せた。

三年ぶりとなるかつての恋人は、当然ながら三年前よりも更に大人びて精悍な顔つきになっていた。

相変わらずムカつくほど整った顔。ただ少しやつれているようにも見受けられる。

(苦労してるの？　ちゃんと食べてる？)

そんな考えが一瞬、脳裏を横断して行ったが直ぐにそれを追い出してウェンディは無感情、無関心であるように努めた。

デニスは呼び寄せた文官にウェンディに細かな仕事内容等を教える旨を指示し、そして何も言わずに自分のオフィスへと入って行った。

ウェンディも何食わぬ顔をして様々な説明を受け、実際に仕事をして早く慣れるようにと、簡単な公文書の清書書きを担当してその日の業務を終えた。

(何事も起きなくて良かった)

それはそうだろう。向こうにとっては何事か起きたら困るに決まっているのだから、このまま素知らぬふりをして仕事をしてゆけばいい。

互いにもうそれぞれ、大切な家族がいるのだから。

そう思ったウェンディが帰宅するために部屋を出ようとしたその瞬間、ガチャリと突然開いた扉から伸びてきた手に腕を掴まれ、そのまま部屋の中へと引き込まれた。

「……!?」

叫ばずに我慢したのは、その部屋がデニス・ベイカーの個人オフィスだと知っていたから。

大声を出して騒ぎになってはいけないと思えるくらいに冷静でいられたのは腕を引く力が思いの外優しかったからだ。

そして壁と彼の腕の中に捕らえられる形になる。

ウェンディは激しい鼓動を鎮める為に努めて冷静に相手に告げる。

「……突然こんな……何かご用でしょうか？　ベイカー卿」

彼に聞かせた事のない硬質なウェンディのその声に、デニスは眉間に深い皺を刻んでこう言った。

「ここに……来たのは偶然か？　……ウェンディ」

互いに無関係を装っていくのかと思いきや、デニスの不可解な言動にウェンディは眉根を寄せて彼に言う。

「これは一体何の真似ですか？　ベイカー卿」

「質問に答えて欲しい、ここで勤め出したのは偶然なのか？」

ウェンディの心の奥底まで覗き込もうとするような真剣な眼差しを向けられる。

(この人は、私が未練がましく近付いて来て、今の生活を脅かされるのを恐れているのだろうか……?)

そんな事する訳がないのに。

別れた男の家庭を潰したって、なんの得にもならない。

つきん、と痛む心を隠してウェンディは呟くように言った。

「……痛いです」

「あ、ごめん」

デニスは摑んでいたウェンディの手首を慌てて離した。

ホントに痛いのは心だけど。

今後一切この件について遺恨を残したくないウェンディは、敢えてキッパリばっさり切り捨てるように告げた。

「もちろん偶然です。もう二度と会いたくもないと思っていたのに。そんな風に思われるのは心外です」

「偶然……もう二度と……心外……そうか……」

心なしか力なく感じるデニスの声を無視してウェンディは更に言葉を重ねる。

「安心してください、貴方との事はもう既に過去です。貴方と同じように、私には私の大

切な生活があります。その為にお給金の良いこちらで働く事になっただけですから……貴方こそなぜ王宮に？　お父様の跡を継いでご領地を治めておられるはずでは？」

「大切な生活……」

「ご理解頂けましたか？　ではもう退いてください。こんな姿を誰かに見られたら、困るのは貴方の方ですよ」

「いや、俺は……」

何かを言い淀むデニスの一瞬の隙をついて、ウェンディは拘束を逃れて部屋のドアに手を掛けた。

そして振り向きざまにこう告げる。

「それでは急ぎますのでこれで失礼します。今後もうこんな不適切な距離になるのはやめてくださいね」

「……」

何も言わないデニスを残し、ウェンディは彼のオフィスを出た。

拘束からすんなりと逃れられて良かった。

彼が何を考えているのかはわからないが、もしまだ逃す気がなかったのならデニスには勝てない。

デニスは文官にしておくのは惜しいほどの身体能力の持ち主なのだ。

昔はわんぱくなデニスだったとよく話してくれた。

部屋に引き込まれた時からなかなか鎮まらない速い鼓動を無視して、ウェンディは何かを振り切るように足早に歩いた。

デニスから逃げるように王宮を出たウェンディはその足で娘のシュシュを預けている託児所へと向かった。

託児所は王宮からほど近い距離にある。

王宮に勤める平民文官の為に国が買い上げて運営しているらしい。

アパートと市場と託児所と王宮。

この一直線に並ぶルートがシングルマザーのウェンディには有り難いのだ。

帰りは王宮から直でシュシュを迎えに行き、市場に寄ってから帰る事が出来るから。

成人する直前に両親を事故で失い、他人同然に縁遠い親戚には頼れない。

シュシュという家族以外天涯孤独の身であるウェンディは少しでも工夫をして、女手ひとつで奮闘しているのであった。

託児所の玄関ドアを開け、近くにいた他のお母さん方に挨拶をして娘の名を呼ぶ。

「シュシュ！」

するとお友達とぬいぐるみで遊んでいた娘のシュシュが、母親の顔を見てパッと笑顔になった。

「まま！」

そして一目散にこちらへ駆け寄って来る。

今日はウサギさんのお耳にすると言ってツインテールをご所望だった。

走る度に細く柔らかな髪がぴょんぴょん跳ねている。

要するに可愛い。

「おちゃえりっ」

二歳二ヶ月。

他の子に比べるとお喋り上手な娘が舌足らずのお口でそう言ってくれる。

「ただいまシュシュ。いい子にしてた？」

「うん！」

「ふふ」

託児所の先生に礼を言い、託児所を後にした。

仕事に行く時もグズらず我儘を言わない子だが、その反動か帰りは絶対に抱っこである。

市場で買い物もしたいので本当はベビーカーがあれば助かるのだが、ベビーカーを買うゆとりがオウル家にはなかった。

　まぁどうせ食費も節約しているので大した買い物量ではないから、娘を抱いて買い物袋をぶら下げるくらいなんて事はない。

　全ては気合い、根性だ。

「♪今日も根性〜、明日も根性〜、女はぁド根性ぉ〜♪」

　昔バレスデンの大聖堂へ見学に行った時、誰かがこの歌を歌っていたのを聞いて以来、何故か覚えてしまった歌を口遊む。

「♪こ、じょー♪」

　母がよく歌うのを覚えたシュシュも一緒に歌ってくれた。

「ふふ。上手ねシュシュ」

「まま、じょーずっ」

「ありがとう」

　ウェンディは娘の柔らかいほっぺにキスをする。

　とある事が原因で金銭的に苦しいが、娘との穏やかな暮らしがウェンディにとって何よりも大切なものなのだ。

　その為ならなんだってする。

　ウェンディはそう思いながら帰り道を歩いて行った。

　ウェンディの平日はとても忙しい。

　デニスと再会し心が千々に乱れていても、朝は等しくやってくる。

　眠い目をこすりながら起き出し、すぐに自身の支度を済ませて娘のシュシュを起こして朝食の用意をする。

「まま、うでたまこね」

「茹で玉子も朝ごはんにつけるからね、ちょっと待っててね」

　今朝はシュシュの好きなブロッコリーと茹で玉子のサラダとパンだ。

　節約術を駆使するウェンディ。彼女は野菜の茹で汁も決して無駄にはしない。

　水気を切る為にブロッコリーを鍋からコランダーに移すと、次はそのまま玉子を茹でる。

　そして時は金なり、時間の節約もしたいウェンディは玉子の殻が簡単に剝ける為の仕込みも決して忘れない。

　玉子の底に太めの針で穴を空けておくと殻と白身の間に空気が入り、後でつるんと剝けるのだ。

　玉子を茹でた後のお湯はもちろん、このまま冷ましておいて植木の水やりに使う。

「無駄にならないって素晴らしい♪」

そう言いながらサラダを仕上げる。

ブロッコリーと粗くほぐした茹で玉子と、昨夜夕食に肉を焼いた時についでに炒めておいたベーコンをシーザードレッシングで和えた。

それをパンと共にお皿に盛り、シュシュのお皿にはベランダで栽培している大きな苺をひとつ載せてやる。

テーブルでは既にシュシュがワクワクしながら待っていた。

「ハイおまたせー」

ウェンディがシュシュの前にお皿を置くと、元気に言ってくれた。

「いたたちましゅ！」

「どうぞ召し上がれ」

本当はウェンディもゆっくり座って食事をしたいところだけどそんな時間は無いので、行儀が悪いとは思いつつもいつも作りながら摘み食い形式で済ませている。

そしてカフェオレを飲みながら、朝ごはんをもぐもぐと食べているシュシュの髪を結うのだ。

「まま、おうましゃんの」

「今日はポニーテールね、かしこまり～」

幼児独特の細くて柔らかい髪を手櫛で整えてゆく。

明るいキャメルカラーの髪は笑っちゃうくらい父親と同じ髪色だ。

ちなみにウェンディの髪は暗めの赤毛である。

洗濯は昨夜のうちに風呂の残り湯を使って済ませてあるので食器を片付けたら出発だ。

「ままばいばーい！」

「行って来るね！」

そうしてシュシュを託児所に預けて王宮へと出仕するまでノンストップ、息する間もなく過ぎていくのであった。

ウェンディが配属された公文書作成課とはその名の通り、国が発布する書状や公の書類等を作成する部署だ。
発令書などの文言を取りまとめ、草案を作り国王や議会に提出する役目も担う。
ウェンディは祐筆として、様々な言語や書体を書き起こしたり清書をする仕事をしている。
アンシャル体、インシュラー・ミナスキュール体、どんな書体もお任せあれで中々得難い祐筆ではないかと自負しているのだ。

恥ずかしいので口が裂けても言わないけど。

（それにしても……）

ウェンディは他の文官と仕事の内容を話しているデニス・ベイカーをちらりと盗み見た。

王宮に勤め出して早二週間、初日のアレ（オフィスでの壁ドン事件）以来何事も起きてはいない。

向こうから何か言って来る事もないし、当然ウェンディから話し掛ける事もしない。

時々デニスの視線を感じるが、きっとウェンディが何か変な事を言い出さないか監視しているのだろう。

（当然か。元カノが同じ職場で働き出したなんて、絶対に奥様に知られたくないわよね）

ウェンディだってそんな波風は立てたくない。

でもどうしてもウェンディの心の中は、どんぶらこと乱れ波打つ水面となってしまうのだ。

彼のパリッとノリの効いたシャツやピカピカの革靴が目に付く度に、もしかしたらそれらは自分が彼の為にしてあげた事かもしれないなんて考えてしまう。

そしてかつて自分に触れたあの大きな手で、今はどんな風に奥さんに触れているのだろうと考えてしまう……。

その度に可愛いシュシュの寝顔や仕草を思い浮かべて、心に去来したモヤモヤを懸命に追い出すのだった。

今日は地方の役所に出す書状の清書をして、午前中の業務を終えた。

ランチタイムはほとんどの職員が王宮の食堂に行ったり外食をしたりするが、ウェンディは節約の為に当然お弁当を持参している。

今日のランチは、今朝作ったブロッコリーと茹で玉子のサラダをパンに挟んだサンドイッチだ。

なんというかそのサンドイッチのみだ。

若干……いやかなり物足りない量ではあるがダイエットにもなるし、お腹がいっぱいになり過ぎると午後から眠たくなってしまうから丁度いいのだ。

いつもそう自分に言い聞かせている。

「でも王宮はお茶やコーヒーが飲み放題なのがお得よね～♪」

と、一人残った室内で言いながら自分の為にお茶を淹れた。

そして「いただきます」とウェンディがサンドイッチを食べようと口を開けたその時、個人オフィスの扉が開いた。

「「あ」」

思わずそう言った声が重なる。

オフィスから出て来たのはデニスだったからだ。

（大口開けてるところ見られちゃった）

ウェンディは気まずい思いをするも、それを気にしないようにして食事を再開した。

皆から少し出遅れてデニスも昼食に向かうのだろう、彼は部屋の出入り口の方へと歩いて行く。

その時ふいに声をかけられた。

「……食事は……それだけか？」

「え？」

ウェンディが手にしているサンドイッチの他、ランチボックスが空なのを見られたようだ。

食費を節約してるからこれだけだなんて言いたくないので、ウェンディは端的に答える。

「ええ。満腹になると午後から筆が鈍るので」

「そうか」

何が知りたかったのだろう。

デニスはそれだけ言うと部屋を出て行った。

「なんなの？」

ウェンディは首を傾げながらまたサンドイッチを頬張った。

その後は満腹感を得る為にお茶を二杯、飲んでおいた。

が、やはり夕方頃になると小腹が空いてくる。

コーヒーでも飲んでやり過ごそうかと思った時、同じ部署の文官が皆に聞こえるように告げた。

「ベイカー卿がお菓子の差し入れをして下さってますよ～。個別包装されてる焼き菓子なので、各自取りに来てくださ～い」

それを聞き、仕事仲間の文官たちがデニスが差し入れに買って来たというお菓子が入った箱に群がった。

頭を使う仕事なので、皆甘いものを欲するようだ。

ハングリーなウェンディも有り難くそのお菓子を頂戴する事にした。

一人ふたつも貰えるとの事で、ウェンディはフィナンシェとガレットを手にする。

口にしたガレットのバターの香りと程よい甘さが五臓六腑に染み渡る。

(美味しい!!)

でもフィナンシェはシュシュへのお土産にしようと思い、バッグに入れた。

それにしてもお菓子の差し入れなんてデニスも気が利くものだ。

そうやって昔から、担当部署の人間関係がスムーズにいくように気を配っていたっけ。

そんな事を思いながら終業時間まで残り一時間半、ガレットのおかげで頑張れた。

十七時が文官たちの終業時間だ。

残業する文官もいるが、ウェンディは託児所のお迎えがあるので残業は絶対にしない。

「お疲れ様でした」

そう言ってウェンディは公文書作成課の部屋を後にした。

そしていつものようにシュシュを迎えに行き、市場へ寄って歌を歌いながら家路に就く。

その時、大きな通りを挟んだ向こう側に見知った顔を見つけた。

デニス・ベイカーが品の良い女性と並んで歩いていたのだ。

「……！」

ウェンディは思わず通りの街路樹の陰に隠れた。

自分の存在を知られるわけにはいかない。

デニスに寄り添うように楚々として歩く女性……。

「……きっとあの方が奥さまだわ……」

三年前に自分と別れて選んだ結婚相手。

デニスに美しい微笑みを向けるその女性を、ウェンディは見つめた。

手入れの行き届いた長くしなやかなブロンド。

流行の最先端であるミモレ丈のツーピースドレスを着こなす洗練された女性だ。

一方の自分は……。

そりゃこんなくたびれた女が元カノとして職場にやって来たら、デニスにとっては過去の黒歴史が服を着て現れたような、迷惑極まりない存在でしかないだろう。

彼の幸せな家庭の事を考えるなら、自分は仕事を辞めた方がいいのはわかっている。わかってはいるが……。

「でも悪いわね、私も生活がかかっているの。絶対に近づかないし、迷惑をかけるつもりもないから我慢してね」

ウェンディはデニスの横顔を見ながらそうひとり言ちた。

「それにしてもデニスってば。せっかく奥さまと一緒に歩いているんだから少しは笑いなさいよ」

と、これもまた無表情で歩くデニスへと向け、ウェンディはそうつぶやいていた。

デニスが妻と歩いている姿を目の当たりにして、不覚にも気持ちが沈んでしまう。

もう過去の男のことなんかで気持ちを乱されたくはないのに。

そうやってモヤモヤと鬱々とシュシュを抱っこして歩いていたウェンディが、アパートの前に立つ人物を目にして思わず顔を顰める。

相手もウェンディに気付き、表情筋を一切動かさずにこう告げた。

「今月の支払いを取りに来ました。用意出来ていますか？」

「オルダンさん……」

ウェンディがオルダンと呼んだこのヒョロッとした神経質そうな中年の男性。

彼は地方で暮らしていた時から毎月決められた日に、支払いを取りに来る役目を担う者だった。

「はい。これが今月の分です」

ウェンディはそう言ってオルダンに玄関で封筒を手渡した。

家に上げてお茶でも、というような関係ではない。

オルダンは封筒の中身、現金の枚数を確認してこう言う。

「確かに。……おや？　なんだか痩せましたね。やはりあの話を受けた方がいいんじゃないですか？　女手ひとつで子どもを育てながら、毎月弁償代金を払っていくのは大変でしょう。ヤッコム様は貴女が自分の元に来るなら、娘さんが壊した美術品の弁償を帳消しにすると仰っているのですよ」

オルダンのその言葉を聞き、ウェンディは半目になって答えた。

「何度同じことを言わせるんですか？　私は愛人になる気なんてサラサラありません」

「何度も同じことを言わされてるんですよ私も。ヤッコム様はしつこいですよ。諦めて贅沢三昧の生活をするのもアリだと思いますがね」

「あいにく贅沢な暮らしをしたことがないので興味がないんです。娘がしてしまった事は謝罪した上で、こうやって毎月返済しているじゃないですか。これ以上要求するなら、また役所に訴えますよ」

「……一括返済は無理であるから毎月返済するという事は役所が認めたことですからね。では今月もそうヤッコム様にお伝えしておきます」

「ええそうしてください」

「ではまた来月」と言ってオルダンは去って行った。

彼はウェンディがかつて住んでいた地方都市の大商人ベケスド・ヤッコムの第一秘書だ。

四ヶ月前、ヤッコムは慈善活動の一環として食事会を設け、託児所の子どもたちを招待した。

その時シュシュがヤッコム邸に飾ってあった美術品の壺を壊してしまったらしいのだ。

当時二歳前であったシュシュが重そうな壺を落として割れるものかと訝しんだが、長く託児所に勤める職員とヤッコム家のメイドに、シュシュが壺を置いてあった台にぶつかったのが原因だと証言されると何も言えなかった。

子どもを招待するならそんな高級品は片付けておくのが常識なのでは？

とは言わせて頂いたが、娘が壊したのであれば責任を取るのが親の務めだ。

弁償する事になったのは仕方ないにせよ、しかしその金額にウェンディは目を剝いた。

ウェンディの年収の三倍はするというものだったのだ。

とても払える額ではない……。

青褪めるウェンディに、その時ヤッコムは言った。

『ひと目見た時から貴女が欲しくなりました。どうです？　私のものになるのなら壺は弁償して貰わなくても結構ですよ？』

『……ヤッコム氏は確か既婚者と認識しておりますが……』

ウェンディが眉根を寄せてそう返すと、ヤッコムは下卑た笑みを浮かべてウェンディの手を握ってきた。

『ええ。残念ながら妻の座を差し上げるわけにはいきませんが、嫡男は別としてそれに次ぐ席をご用意出来ます。贅の限りを尽くした生活をさせてあげましょう。もちろん、貴女の小さなレディも一緒にね』

(キモっ!!)

迂遠な言い回しをしているが、要するに愛人ということではないか。

『お断りします』

握られた手を払い除けウェンディがそう告げると、ヤッコムはどう足掻いても無駄だと言わんばかりの笑みを浮かべる。

そしてウェンディにこう言った。

『じゃあ今すぐ全額耳を揃えて返してもらいましょう』

『っく……！　少し考える時間をくださいっ』

そう言ってその場はなんとか切り抜けたウェンディは、その足で当時勤めていた役所の女性上司に相談したのだ。

当時は民事法務課の祐筆をしていたことが幸いし、上司の適切なアドバイスの下にヤッコムを公的な話し合いの場に引っ張り出すことができた。

そして幼い子どもを招くという立場であったならば、一歩間違えれば子どもが大怪我をしたかもしれないような環境に、配慮をするべきであったとヤッコム側の有責問題も取り上げ、賠償金額は半額にした上で月々分割で支払うという約束を勝ち取ったのであった。

その時のその上司が、ヤッコムの息の掛かる者が多いこの街を出た方が良いと王宮の祐筆の働き口を紹介してくれたのだ。

今でもその上司に足を向けて寝られないと、ウェンディは深く感謝している。

これが今、家計が逼迫している原因である。

代金を半額にし分割にしてもらえたといえど、それでも相当な支払い額となる。

加えて今後のために少しでも貯金はしたい。

だからウェンディは節約の鬼と化している。

食器の洗いものをする時は洗った食器はタライに入れ、水道から細く出した流水でタライの中の食器もある程度洗剤を落としてから流水で仕上げるし、そのタライの水は掃除に使う。

外での仕事以外に家でもそうやってやる事が沢山だが、娘との穏やかな暮らしが守れるならいくらでも頑張れる。

今夜もシュシュを寝かしつけた後、風呂のお湯で洗濯をするウェンディ。

「♪今日も返済〜、明日も返済〜、明後日も返済ぃ〜♪」

歌を歌いながら洗濯板でシュシュの可愛いパンツを今日も洗う。

明日は天気が良いそうだから、きっと洗濯物がカラッと乾くだろう。


「まま、くましゃんおみみ」

朝食のトマトオムレツを食べながらシュシュが今日のヘアスタイルの希望をウェンディに言う。

「クマさんのお耳ヘアね、かしこまり〜」

ウェンディは注文を受けて娘の希望の髪型に結った。

クマさんのお耳ヘアとは、高めのツインテールを三つ編みにしてからお団子にしたものである。

その形がクマの耳に似ている事からこの名がついた。

娘のシュシュのお気に入りの髪型のひとつである。

「さ、できた」

ウェンディが言うと、シュシュは振り返る。

「すす、かわい？」

「可愛いよっ！　もう食べちゃいたいくらいに可愛いっ!!　可愛い可愛いママの子グマさん♡」

ウェンディは後ろからシュシュを抱きしめた。

可愛くてたまらない大切な娘。

愛しい愛しいウェンディの宝ものだ。

そう。ウェンディだけの……。

シュシュの父親にも、きっとこんな存在がいるのだろう。

こうやって抱きしめて、その温もりに愛しさを感じているのだろう。

だけどその子とは別に、過去の恋人が知らない所でいつの間にか自分の子を産んでいた。

彼はそれを知ったらどう思うのか。

怒るのだろうか。呆れるのだろうか。

貴族の血を引く者を平民として育てていることを嘆くのだろうか。

いずれにせよ絶対にシュシュの存在を知られてはいけない、ウェンディはそう思った。

「何っ？　ヘイワード君が急病で休み？」

公文書作成課の課長の声が部屋に響き渡る。

ウェンディや他の文官たちが彼の方を見ると、課長と数名の上司たちが集まって何やら話をしていた。

その中にデニスの姿もある。

「陛下に献上する上奏書の期日は今日までだぞ、上奏内容の表題がまだ書かれていないだろう」

課長が慌てた様子でそう言うと、上司の一人が答えた。

「はい。議会からの希望ではフォーマルスクリプト体で書いて欲しいとのことです。ヘイワード君はスクリプト体が得意なので彼に頼んでいたのですが……」

「誰かスクリプト体を書ける者はおらんのか？」

スクリプト体と聞き、ウェンディはぴくりとした。

（いいなぁ～……フォーマルスクリプト大好きなのよね～。書きたいなぁ……書かせてくれないかなぁ。でも上奏書かぁ。国王陛下のお目に触れるものだものね、新参者のぺーぺ

―祐筆に任せてくれるわけはないかぁ～……）

はなから諦めているウェンディが自分に振り分けられた仕事をしようと書状を用意していると、ふいにとんでもない言葉が耳に飛び込んできた。

「……オウル君に任せてみましょう。彼女の履歴書にフォーマルスクリプト体が得意であると書かれていました」

「え？」

ウェンディは驚いて視線を向ける。

それを言ったのは紛れもなくデニス・ベイカーその人であった。

課長が眉根を寄せてデニスに言う。

「しかし、このような大事な書状を勤めて間もない者に任せるわけには……」

「大丈夫です。彼女は若いですが祐筆としては五年のキャリアがありますし、仕事は的確でスピーディーです」

デニスはそう言ってからウェンディの方を見た。

彼に視線を向けられてウェンディは内心狼狽える。

だけどそれよりも何よりも……。

デニスがウェンディに言う。

「オウル君、できるな？　任せてもいいな？」

やりたい。書かせてもらいたい、その気持ちが勝った。

ウェンディはしっかりと彼らを見据えて頷く。

「はい、出来ます。やらせて下さい」

課長は少し考え、やがてウェンディがフォーマルスクリプトで仕上げることを承諾した。

(やった！　やった！　久しぶりに華やかな書体が書ける！)

心が高揚する。シュシュを寝かしつけてから、広告の裏などに書体の練習をし続けてきたから腕は鈍っていないはず。

ウェンディが内心ガッツポーズをするとまるでそれを見透かしたかのように一瞬、デニスが微笑んだ。

が、すぐにまたお貴族サマ宜しくすました顔になる。

だけどウェンディは彼のその一瞬の表情を見逃さなかったし、それが自分に向けられたものだと気付いてしまう。

(な、なんなのっ？　今の表情は……一体なに？)

これから無心になって書に向き合わなくてはならないというのに。

紛らわしいことはしないで欲しい。

(まぁね、仕事を信じて任せてもらえるのは嬉しいわよね)

それは昔、同じ職場で働いていたからであって、そこに特別な意味はないのはわかっている。

今はただの王宮勤めの文官同士というだけ。ただそれだけだ。

ウェンディの心は直ぐに落ち着きを取り戻し、仕事に取り掛かった。

そこからはただただもう夢中で、一心に書き上げる。

結果、課長も唸るほどの出来栄えで上奏書を完成させた。

これはまぁ……急な仕事を任せたからと、デニスがランチに食堂名物の日替わりスープを差し入れてくれたから、お腹が満たされて書に向き合えたというのもあるかもしれないが……。

(今日のランチに持参したトマトオムレツサンドとよく合って美味しかった……)

だがしかし、なんだか複雑な気持ちになってしまうウェンディ。

(施しを受けているような何か気を遣われているような……まぁ考え過ぎだろうけど)

彼はただ、業務を円滑に回したいだけだろう。

そのデニスはといえば目の前でウェンディが仕上げた上奏書に、保存魔法を掛けている。

不要な書き込みや破損を防ぐ魔法だ。また、正式に文書室で作成されたものだと示す意味合いもある。

保存魔法を掛けるデニスの懐かしい魔力を感じながら、とにかく必要以上には関わらないようにしよう……と改めて自分を戒めるウェンディであった。

だけど同じ職場で無干渉、非接触を徹底するには無理があるらしい。

不思議とデニスと顔を合わせることが多く、何かしら関わってしまっているのが現状だ。

もちろんウェンディからは近付かない。

それはもう大前提として行動しているのだが……。

ある日ウェンディが文書室の書架から資料を取ろうとした時のこと。

その資料は手を伸ばしても取れそうで取れない書架の高い位置にあった。だけどわざわざ脚立を取りに行くのが面倒だ。ウェンディはなんとか取れないものかとつま先立ちになり、手を目一杯伸ばして資料に手をかけようとした。

「くっ……も、もう少しで届きそうなんだけどっ……」

するとふいに背後に人の気配を感じた。どこからか現れたデニスが後ろから無言で手を伸ばしてお目当ての資料を取ってくれたのだ。

「あ、ありがとうございます……」

「いや」

デニスはそう返すだけで、他は何も言わずに立ち去った。

そしてまた別の日のこと。誰かが水をこぼした床の上を、ウェンディは気が付かずに歩いてしまった。

そして濡れた床に足を取られ、滑って転びそうになる。

「きゃっ……！」

「危ないっ……」

そんなデニスの声が聞こえたかと思った次の瞬間には、彼に体を支えられていた。

「資料を見ながら歩いたら危ないぞ」

資料に気を取られ足元が疎かになっていたことを知られているとわかり、居た堪れない気持ちになりながらも礼を言う。

「も、申し訳ございませんっ……助かりました、ありがとうございます……」

「いや、いいんだ……」

デニスはまたそれだけを返して、ついでに踵も返して去って行った。

と、こうやって何とも回避し難い状態でデニスと接してしまっているのだ。

（これは仕方ない。私は悪くない。全て不可抗力よ。同じ王都の空の下にいるデニスの奥さま、許して……）

「はぁ……」

知らず、ため息が漏れたウェンディであった。

そんな日々が続き、いつも通り娘のシュシュを抱っこしながらアパートに帰り着くと、今月はまだ来ないはずの男の姿があった。

「……オルダンさん……取り立てにはまだ早いんじゃないですか？」

ウェンディが警戒しながらそう言うと、ベケスド・ヤッコムの秘書であるこの男は神妙な面持ちで言った。

「おそらく……今日でここに来るのは最後になります。お渡ししたい物もありますし、お話がありますので少しだけお時間を頂いてもよろしいですか？」

「今日で最後……？」

話がまったく見えないウェンディは、仕方なくオルダンを部屋へと迎え入れ、お茶を差し出した。

シュシュは今朝作っておいたパンの耳を揚げて砂糖をまぶしたオヤツをミルクと共に食べている。

その様子をじっと見つめながらオルダンは語り出した。

「ベケスド・ヤッコム様が逮捕されました」

「えっ？」

思いがけない発言に思わず声を上げてしまう。

「あの男のこれまでの悪行の手口が、追憶魔術により全て詳らかに暴かれ、白日の下に晒されたのですよ」

「追憶魔術とは？」

「対象者の持ち物から、起きた出来事を過去に遡り可視化させる事が出来る魔術ですよ。尤もその現場にあった物や対象者が身に着けていた物でないと記憶？　記録……？　まぁ詳しいことは私には解りませんが、とにかく調べられないのだそうです」

「はぁ……」

今の説明で理解できたようなできなかったような。

まぁザックリ理解できたことにしておこう。

そんなウェンディを他所にオルダンはそのまま話を続けた。

「その中でヤッコム様……いや私はもう奴の秘書を辞めたので呼び捨てでいいですね、ヤッコムの奴が貴女を手に入れるために予め破壊しておいた美術品を、娘さんのせいにしたことが明らかになりました」

「えっ⁉」

「あの男はですね、上手く話せない幼子を利用して貴女に賠償という責めを負わせて雁字搦めにした。その上で条件を出して貴女を手に入れようと企んだのです。まぁ貴女が機転を利かせてすぐに役所に訴えたので、ヤッコムの目論見は外れましたが……」

「ゆ、許せないっ……」

ウェンディは膝の上に置いた自身の手を握りしめる。

あの賠償金の所為でどれだけ生活が苦しめられてきたか……。

娘に洋服もオモチャも満足に買ってやれず、遊びにも連れて行ってあげられなかった。

そんな苦しい生活を余儀なくされてきたのだ。

それが全て愛人欲しさに陥らされていたのかと思うと、抑えきれない怒りが込み上げてくる。

オルダンは言った。

ヤッコム家には先代からの恩義があり長年仕えてきたが、代替わりした後の姑息で汚い手口に辟易としていたのだと。

そこである人物から取り引きを持ちかけられ、主の失脚により路頭に迷うであろう従業員の新たな働き口を条件に、証拠品の数々と情報を提供した。

その品に王宮魔術師団の上級魔術師が追憶魔術を掛け、ヤッコムの罪の全ての記憶を調べ上げた……そうだ。

そしてベケスド・ヤッコムは数々の罪により捕縛され、現在王立拘置所に収容されているらしい。

これからさまざまな裁判を受け、いずれ刑が確定した後に厳しく罰せられるとのことだ。

「……そう、……ですか……」

ウェンディは遣る瀬無い怒りを含んだ呼気を吐き出し、気持ちを落ち着かせようと努めた。

法により正しく罰せられるのであればそれでいい、ウェンディはそう思った。

「それでですね」

オルダンはテーブルに茶封筒を置き、ウェンディの前に差し出した。

「これは今まで貴女が騙し取られてきた賠償金です。それを全てお返しいたします。お確かめ下さい」

「えっ⁉」

ウェンディから今日一番の「え」が飛び出した。

そして封筒に手を伸ばし中身を確かめる。

「ホントにお金だ……」

「正真正銘、貴女がヤッコムに払わされていたお金です。お返しすることができて良かった」

「オ、オルダンさんて……本当はいい人だったんですね……ごめんなさい。私、今までいやな態度を」

ウェンディがそう言うとオルダンは自嘲し、首を振った。

「いやいや。あの男の悪事を知りながら何もできずに過ごしてきたんです、私だって悪人ですよ。でもまさかこんな日が来るなんて……なんだかまだ現実味がないんです」

「でも、なぜ急にこんなことに？　しかも王宮の上級魔術師が動くなんて……国がヤッコムに目を付けて調べていたのですか？」

「確かに私に最初に話を持ち掛けてきたのは王宮の高位文官という貴族の方ですが、国として動いているのではないと仰ってましたよ？」

「え？　高位文官？　貴族？」

「はい。貴女の古い知り合いだとか……。どうやら彼は貴女の現状を見かねて動いたのではないでしょうかね？　あのような貴族の知り合いがいたのなら、最初から助けてもらえばよかったんじゃないですか？」

「ちょっ、ちょっと待ってください、その貴族である高位文官が私の古い知り合いだと言ったんですかっ？」

ヤッコム逮捕に至ったきっかけが自分であると聞かされ、ウェンディは慌ててオルダンに確認した。

「ええ。確かに。大切な古い馴染みだと」

「……その方の名前はご存じですか？　当然お聞きになっているのですよね？」

胸騒ぎがする。

嫌な汗が額ににじむのを感じた。

そしてオルダンはこう言った。

「もちろんお伺いしてますよ。デニス・ベイカー子爵、彼はそう名乗りました。王宮魔術師も彼のことをそう呼んでいたので間違いないでしょう」

「デニス・ベイカー……」

なぜ彼が？

なぜウェンディが賠償を負わされたことを知っているのか。

色々と調べた……？　でもどうして……？

（ちょっと待って、調べたというのならどこまで調べたのっ？　まさかシュシュの存在を知られたっ!?　いやそんなまさかっ……！）

確かめなくては。白黒ハッキリつけさせねば夜もおちおち眠れない。

というわけで、ウェンディは早々にデニスをとっ捕まえて、話を聞き出すことにした。

次の日、業務を終えて帰宅しようとするデニスに声をかける。

「ベイカー卿、お話があります」

ウェンディの声色に焦りや憤りがにじみ出ているのを感じ取りながら、デニスは答えた。

「……どうやら知られてしまったようだな……わかった。今からでも大丈夫かな、ウェンディ？」

デニスの口ぶりからも、きちんと説明する気があるようだ。

（上等だわっ……きっちり聞かせていただこうじゃないの）

二人は大通り沿いのカフェに移動し、そして向かい合って座りながらも互いにどう切り出すべきか迷っていた。

ウェンディは考える。

どういった経緯でウェンディに借金があることを知ったのかは知らないが、もしかしたらデニスはシュシュの存在までは把握していないのかもしれない。それなら迂闊な事を言って墓穴を掘らないようにしなくては。

子どもの事に触れずにヤッコムの件を尋ねてみるか……と考えがまとまったそのとき、唐突にデニスの方から話を切り出された。

「話というのは、ベケスド・ヤッコムのことだろう？」

「え、ええ、そうよ。でもどういった経緯で貴方がそれを知ったのか気になって……」

ウェンディがそう答えるとデニスは少し歯切れの悪い様子で言った。

「再会したキミの様子があまりにも以前と違っていたから……まるで生活が苦しいかのようなそんな様子がどうしても気になって、失礼だが勝手にキミのことを聞き出したんだ」

「聞き出したって……誰に？」

「かつての職場の、俺たち共通の上司に」

「……どんな話を聞いたの？」

「キミが美術品を壊して借金を背負ったと……」

「それだけ？　他には？」

「？　それだけだが、まだ他にも何かあるのか？」

「い、いいえ！　何もないわ！」

慌てて否定をし、ウェンディは内心胸を撫で下ろす。

デニスが話を聞いたという元女性上司、彼女ならウェンディに断りもなく勝手に子どものことを話しはしないだろう。

その上でウェンディは居住まいを正し、デニスに礼を告げた。

「助けて頂き、ありがとうございました。私だけではヤッコム氏の欺騙を見抜けなかったでしょうから」

ウェンディが深々と頭を下げるのを見て、デニスは軽く首を横に振る。

「いや、こんな事でキミへの仕打ちが帳消しになるとは思っていないが……少しでも役に立てたなら良かったよ」

どこか寂しげにそう言うデニスを見てウェンディは不思議に思う。

（仕打ち、帳消し……）

どうして彼はそんなことを言うのだろう。

今のデニスにとってウェンディは目の上のたんこぶ、過去の黒歴史、幸せな家庭に波風を立てる疎ましい存在でしかないはずなのに。

（彼も、私とあんな形で別れる事になったのを、少しは悲しんでくれたのかしら）

だからこそ今の困窮した状況を見て、力を貸してくれたのだろうか。

そういえば昔から困っている者に対して、見て見ぬふりはできない人だった。

隣国に出稼ぎに出たきり戻らなくなった息子を心配して役所に相談にきた壮年女性がいたのだが、当時の上司は地方役場の管轄外だと門前払いをした。

しかしデニスは国と掛け合って隣国に捜索願いを出し、出稼ぎ息子を無事に見つけ出したのだった。

その他にも虫を追いかけていつの間にか高い木に登り降りられなくなった子猫を引っ掻かれながらも助けてあげたり、ウェンディのこともただの同僚であった時から親切で何かにつけて助けてくれた。

無愛想で綺麗な顔立ちをしているせいで余計に冷たく感じる印象とは裏腹に、本人の性格はとても面倒見が良く情に厚い性格だった。

（そんなところに惹かれたのよね。そして気がつけば、どんどん好きになっていって……）


デニスから告白されて付き合うことになった時は本当に嬉しかった。

嬉しくて幸せで。別れるときが来るなんて想像もつかないほど彼に夢中だった。

そんなことをふいに思い出していた時、カフェの店員が注文していたコーヒーを運んできた。

ウェンディはデニスがコーヒーを口にする様子を見つめる。

砂糖は入れずにミルクをほんの少しだけ。やや猫舌気味なので火傷しないようにゆっくりと口に含む。

そのひとつひとつの動作が昔と何も変わらない。

胸に込み上げる懐かしさに、たまらなくなる。

それを誤魔化すためにウェンディもコーヒーのカップを手にした。

それを見たデニスがふいに言う。

「砂糖はふたつにミルクは多め。変わらないなウェンディ」

「っ……」

同じことを感じたと知り、ウェンディは小さく息をのむ。

イヤだ。ダメだ。これ以上デニスと接するのは危険だ。

脆く儚い箱に閉じ込めた、かつての想いが溢れ出てしまう。早く離れなければ。

ウェンディは熱いコーヒーを早く飲みきれるようにふぅふぅと息を吹きかけて冷ました。

「キミは猫舌だったか？」

ウェンディの様子を見てデニスはそう言い、そして柔らかな笑みを浮かべる。

それはかつて恋人時代によく向けられていた、懐かしい表情だった。

「……！」

ウェンディは咄嗟に慌てて立ち上がる。

「私……帰りますっ……」

「ウェンディ？　どうした急に、まだ少ししか口をつけていないじゃないか」

突然帰ると言い出したウェンディにデニスも立ち上がり、宥めるかのようにそう言う。

まるでウェンディに帰って欲しくないような。そんな口ぶりで言葉を続けた。

「ここのカフェの名物のショコラムースも注文してあるんだ。せめてそれを食べてからでも……」

だがその時ウェンディとデニス、二人の耳に幼い子どもの声が届く。元気はつらつとした可愛らしい声が。

「おまたせしました！」

（……え……）

声がした方に視線を向け、ウェンディは目を瞠る。

　そこにはデニスと……というよりは娘のシュシュによく似たキャメル色の髪をした幼い少年が立っていた。

　少年はデニスに満面の笑みを向けた。

「じゅくのかえりにここにくるようにれんらくがあったってせんせいからきいたよ」

「偉いぞクルト。今日は塾まで迎えに行けなかったが、塾の建物とこのカフェは目と鼻の先だからな、連絡を入れてここまで来るように伝えてもらったんだ」

「ぼくもケーキをたべていい？」

「ああ、いいよ。その前にクルト、紹介するよ。こちらは……」

　デニスがクルトと呼ぶ少年に、自分のことを紹介しようとしているのを察したウェンディがそれをぶった斬る。

「ク、クルトくんというのねっ、は、はじめましてウェンディ・オウルです……ベイカー卿のただの部下ですっ、あ、私はそろそろお暇しなくてはっ……ベイカー卿、本日はお時間を取っていただきありがとうございました！　それでは！」

　そう矢継ぎ早に告げたウェンディはデニスとクルト少年に一礼し、コーヒーの代金を置いて慌ててその場を後にした。

「ウェンディ……!?」

　デニスが自分を呼ぶ声が後ろから追いかけてきたが、それを振り切るようにどんどん歩いていく。ウェンディの頭の中は嵐が吹き荒んでいた。

あのクルトという少年は、間違いなくデニスの息子だろう。

見たところまだ四、五歳くらいのようだ。

プライベートでデニスと接したことにより懐かしさが込み上げて危うく昔の恋情が蘇りそうになったが、子どもの顔を見て一気に現実に引き戻された。

そうだ。彼にはもう家庭があるのだ。

昔のよしみで少し世話になったからといって勘違いをしてはいけない。

(良かった、現実を思い出せて)

じくじくと胸が痛むのは気のせいだ。デニスとのことはもう過去のこと。

互いに守るべきものがあるのだからこれ以上近付いてはいけない。

ウェンディはそう自分に言い聞かせて、未だに燻り続けるデニスへの想いを振り切るように勢いよく託児所に向かって歩いて行った。

しかしその夜、シュシュを寝かしつけながら冷静になったウェンディがあることに気づく。

(……ん？　私と別れた後に結婚して生まれた子なら、少なくともシュシュとそんなに年齢が変わらないはずよね……？　だけどあのクルトという少年は四、五歳のように見受けられたけど……あれ？　どういうこと……？)

疑問符が泉のように湧き出して、なんだか今夜は眠れそうな気がしないウェンディであった。

第二章　変わらない人柄

デニスにそっくりな彼の息子と思われる謎多き子どもと邂逅して早二週間が経過していた。

ウェンディと別れた時期と多少……いやかなり計算の合わない子ども。

もしかしてデニスはウェンディと別れるずっと以前から結婚相手となる女性と関係を持っていたのだろうか……。

そう思うと心の中がどす黒く濁り、暗黒ウェンディが爆誕しそうになるが、かつて恋人として付き合っていた頃の自分がそれは違うと否定する。

少なくとも彼はウェンディの恋人である時はいつも誠実でいてくれた。

かなりモテるのに他の女性に目もくれず、一心にウェンディを愛してくれた。

状況が変わりそれができなくなったから別れを告げられたのだ。

それに彼の兄が亡くなった時期とも合わない。

謎が謎を呼び、考えれば考えるほどどんどんわからなくなる。

なのでウェンディは考えることを放棄した。

どうせ考えても仕方ないのだ。デニスに家庭がある事に変わりはないのだから、ウェンディはこれまで通りデニスに関わらないように生きていくだけだ。

あのクルトという子どもの、純粋でキラキラとさせていた瞳を曇らせるようなことだけは決してあってはならない。

そう結論付けたウェンディは頭の中からデニスのことなど追い出し、毎日をただ懸命に生きていた。

そんな中、ある日ウェンディが王宮内を歩いていると偶然、メイド二人の立ち話を耳にした。

「デニス・ベイカー卿とバート嬢ってお似合いよねぇ」

（バート嬢？）

デニスの名に続いて出た令嬢らしき名に、ウェンディは思わず歩くスピードを緩めて聞き耳を立ててしまう。

ウェンディにお構いなしにメイドたちは噂話に花を咲かせている。

メイドの一人が相手に尋ねた。

「バート嬢って、陛下の筆頭侍従長のバート卿のご令嬢のこと？」

「そうそう。そのバート嬢って今、第二王子殿下の執務室の専属侍女をなさってるじゃない？　執務室ではベイカー卿とバート嬢の仲睦まじいご様子に王子殿下がイチャつくなら他所(よそ)でやれ、とか言って冷やかされたそうよ」

「まぁ、そんなに仲睦まじいご様子なの？」

「ええ。なんでもね……」

彼女たちの横を通り過ぎるまでの間、聞こえてきた会話がこれであった。

足を止めて立ち聞きするわけにもいかずその後の話がなんだったのかはわからない。そしてわかりたくもない。

（え？　ご令嬢と仲睦まじいって……デニスは妻帯者でしょ？　まさか不倫(ふりん)？　いやあの真面目(まじめ)な男に限って……でも火のないところに煙(けむり)は立たないというし……）

確かにこのところ、デニスは第二王子の執務室に出入りしている。

文書室の他の文官から聞いた話によると、なんでも次年度から第二王子側近の末席に迎えられることが決まっているらしい。

なので近頃(ちかごろ)はそちら関連での仕事が増え、デニスはほぼ第二王子の執務室勤めとなっていた。

（そんな噂が立って……大丈夫(だいじょうぶ)なのかしら？　奥さんが悲しむんじゃないかしら……）

何をやっているんだデニス・ベイカー、と物申してやりたいところだが、いずれにせよ自分には関わりのないことだとウェンディは今聞いた話も頭から追い出すことにした。

クルトという少年のことといい今回のことといい、とにかくデニスに関わるつもりはない。

そんな無関係を決め込むウェンディの知らないところで、事態は動いていたらしい。

バート嬢が第二王子より王宮への立ち入り禁止を命じられたのだ。

そもそも令嬢は社会勉強のために王宮に出仕したいと言い、父親の伝手で第二王子の執務室侍女となったそうだ。

それなのに実際は仕事そっちのけで、複数の王宮勤めの男性にアプローチやモーションをかけ、トラブルを招いていたという。

なんでも令嬢は自由恋愛にて結婚相手を見つけたいという先鋭的な理念の持ち主だそうだ。

その理念に基づき、令嬢は王宮で気に入った男性たちのことを調べまくった。そしてその男性たちに恋人や婚約者がいるのを知ると、自身の友人のメイドを使ってその恋人や婚約者に不信感を抱かせるようなデマを聞かせていたという。

それで仲違いをするように仕向け、二人が別れるように画策したらしいのだ。

あいにく令嬢の思惑は外れ、どの男性も恋人や婚約者と別れるどころか結婚を早めるという結果になったが、その事実を知った王子殿下がお怒りになり令嬢をクビにした……という顚末らしい。

（それって……私も一緒なんじゃない？　デニスと同じ文書室だし、身近にいる部下だから牽制目的とかで聞かされたのかしら？）

令嬢に協力したメイド二人もクビになり、王宮を追い出されたのだとか。

廊下で会ったあのメイドたちのことなのではないかとウェンディは思った。

あな恐ろしや。ウェンディは東方の書体でそう書きたい気分だ。

ということはだ。デニスも単にその令嬢に狙われていた一人ということで、不倫を働くというような事実は存在しなかったということになる。

デニスも変な女に付きまとわれて災難なことだ。

（……今の私もその女の一人？　デニスに付きまとう過去の女？　……冗談じゃないわよ）

そんなことが頭に浮かんでウンザリするウェンディの目の前に、一人の女性が立ち塞がった。

進行方向に仁王立ちで立つその人物をウェンディはじっと見つめた。

「…………？」

まったく面識の無い一人のご令嬢。何故かツンと冷たい眼差しでウェンディを見ている。

ウェンディの目の前に立ってウェンディを睨み付けているのだからウェンディに用があるのだろう。

「あの？　どちら様でしょうか？」

初めて会う人間にこんなあからさまな敵意を向けられる覚えがないので、とりあえずどこの誰なのかを尋ねるとその令嬢は忌々しげにウェンディに言った。

「あなた、少し図々しいのではなくて？」

「は？」

「あなたはベイカー卿の以前の職場の同僚だったそうじゃない？　そのよしみでお付き合いしてるんでしょ？　だからベイカー卿は私が交際を申し込んでも受けて下さらなかったんだわ！　あなたに遠慮して！」

その言葉を聞き、ウェンディはピンときた。

「貴女はもしかして、王子殿下にクビにされたというバート嬢ですか？」

「ク、クビじゃないわっ！　もう来なくていいと言われただけよ！」

それをクビと言うのでは？　とは面倒くさいことになりそうなので言わないでおいた。

「それで？　ベイカー卿の周りにいる女が邪魔だと、お友達を使って私にも嘘の噂が耳に入るようにしたんですか？」

「なっ……どうしてそれをっ……」

「……他の方にも同じことをされていたのならわかりますよ普通」

「何よっ！　平民のくせにベイカー卿に擦り寄って！」

「擦り寄ってなんていませんが」

「嘘よっ！　ベイカー卿と貴女がカフェに居るのを見たんだから！　私が誘ってもご一緒

して貰えなかったのに！　ずるいわ！　貴女のせいで私はベイカー卿に相手にしてもらえなくて、仕方なく他の男性にもっ……」

「……」

仕方なく他の男性にも唾を付けて、それが露見して自滅したのか。

デニスが令嬢を相手にしなかったのは彼が既婚者であるからなのに、この令嬢は全てウェンディのせいにしたいらしい。

デニスが靡かないのも他の男性に目を付けたのも、裏で小汚く細工をしたのも、それらがバレて王子殿下の怒りを買ったのも、全てウェンディが元凶だと言いたいのだろう。

だからわざわざこうして面と向かって言ってきたのだ。

かなり理不尽な八つ当たりだが、その理不尽さに自分で気付けないからこのような事態となっているというわけか。

頭が痛い……なんだか目眩がしそうだと思ったそのとき、ウェンディの直ぐ後ろから声が聞こえた。

「とんだ言い掛かりだな」

たった一言発した声だけで誰のものかウェンディにはすぐにわかる。わかってしまう。

「ベイカー卿……」

ウェンディが振り向くと、そこにはやはり眉間に深いシワを刻んだデニスが立っていた。

デニスは射殺さんとばかりに令嬢を睨んでいる。そして凄みのある声で「ウェンディに変な言い掛かりをつけるのはやめろ」と言った。

バート嬢はそんなデニスに一瞬怯むも、これをチャンスと取ったのか急に媚びを売るような眼差しで猫撫で声を上げた。

「ベイカー卿……！　もうお会いできないのではないかと悲しんでおりましたの。だけどこうやってまたお会いできて本当に嬉しいですわ……！」

「……あなたは殿下に暇を出されたというのに、それでよくまた王宮に顔が出せたものだな」

冷たく突き放すもの言いのデニスにお構いなく、令嬢は熱に浮かされたようなうるうるとした眼差しを彼に向ける。

「だって……私、ベイカー卿がその女に騙されているのが見ていられず……いてもたってもいられなくて参りましたのよ？」

「ほう？　私が何を騙されていると言うんだ？」

デニスが問うとバート嬢はウェンディを睨め付けながら言った。

「その女、先日逮捕されたヤッコムとかいう商人の愛人だったのです！　私が独自に調べあげまして、それが発覚しましたの！　それなのにベイカー卿に擦り寄るなんて……なんて厚顔無恥な女なんでしょう！」

そのバート嬢の言葉を受け、ウェンディはデニスを仰ぎ見た。

「聞きました？　私があの男の愛人なんですって」

それを聞きデニスは呆れ顔で肩を竦める。

「事件の全容を知りもしないでそれでよく調べたと言えるな。厚顔無恥はどっちだ……まったく度し難い女だ……」

「え？」

ウェンディとデニスのやり取りにバート嬢はキョトンとしていた。

デニスは呆れ顔でバート嬢に言う。

「あなたの言う独自の調べというのは本当に独自のようだな。ミス・オウルはその事件の被害者だ。これは王国裁判所も認める事実。それを勝手に勘違いしていい加減な言を吐くとは言語道断。今すぐ騎士団の牢にぶち込んでやろうか」

「なっ……ひ、酷いわっ、私はただっ！」

「ただなんだ？　相手を無視して自分の気持ちだけを優先しそれを押し付けるあなたがなんだというのだ？　これ以上私に付きまとい、周りに迷惑をかけるならそれ相応の法的措置を取らせてもらう。……あぁでも、既に他のご令嬢から名誉毀損で訴えられているのだったな。ではそこに彼女に暴言を放ったことによる訴訟と出入り禁止となった王宮に侵入した罪も上乗せさせてもらおうか」

「そんなっ！　困るわっ……許してっ」

バート嬢は顔色を真っ青にして言った。

「自分の置かれている現状もわからないような奴にかける恩情はない。これ以上訴訟内容を増やされたくなければさっさと失せろ」

「な、何よっ!!　あなたみたいな怖い人、こっちから願い下げだわっ！　優しい紳士だと聞いたけどとんだデマね！　騙されたのは私の方よ！」

と、そう捨て台詞を吐きながらバート嬢は慌てて逃げ去った。

途中何度も転んでドレスが泥だらけになっていたけれども。ウェンディはその一部始終を呆れながら見つめていた。

「あの人……ある意味凄い人ね……あくまでも自分本位なんだわ……」

ウェンディはそうつぶやきながらデニスを仰ぎ見た。そして気まずいながらも礼を言う。

「あ、ありがとう。なんだか庇ってもらう形になって申し訳ないわね」

「いや、キミにしてみればとんだ災難だったたな。巻き込んで迷惑をかけてしまってすまない。まったく……本当に頭のネジの緩んだ、度し難い女だ」

「頭のネジの緩んだ……ぷっ、ふふふ」

デニスの容赦ない毒吐きにウェンディは思わず吹き出す。彼は相変わらず敵認定した人間には容赦がないようだ。

だけど一度懐に入れた人間に対しては、たとえ別れた元恋人であったとしても力を出し惜しみすることなく助力してくれる。

やはり面倒見がよくて情に厚い、そんな彼の人柄は昔と何ひとつ変わっていないのだとウェンディは思った。

それがとても嬉しくあり、同時にとても切なかった。

彼の誠実さは今は、彼の妻と家族のものだから。

そう思いながら笑うウェンディをデニスはじっと見つめていた。

それに気づいたウェンディがデニスに尋ねる。

「……なぁに？　私の顔に何か付いてる？」

「いや。……屈託なく笑う様子が……昔のままなんだなと思って」

そう言うデニスの表情こそ、かつて恋人同士であった頃のままのような気がして、ウェンディは内心狼狽える。

「わ、笑い方なんて人間そうそう変わらないわよっ……！」

「そうだな。……でもそれがなんだかとても嬉しいんだ」

デニスの表情が優しげで、だけどどこか切なげで。それを見た途端にウェンディの心が激しく揺さぶられる。

だけどその心情を気取られたくなくて、ウェンディは素っ気ない態度をとる。

「なによ、それ。ワケがわからないわ」

そんなウェンディに、デニスは「そうか」と返しただけであった。

その後二人は、互いに何か胸の内に抱えたような重苦しい空気の中で文書室へと戻った。

それからまた数日経ったある日、仕事の帰りに託児所へ向かっている時にウェンディは声を掛けられた。

「貴女が……ウェンディ・オウルさん？」

「はい？」

女性の声で名を呼ばれ、先日のバート嬢との一件に妙な既視感を覚えながらウェンディが振り向くと、そこにはオシャレで綺麗な女性が立っていた。

「あ……」

ウェンディはその女性に見覚えがあった。

少し前に街中をデニスと共に歩いている姿を見たのだ。

(間違いない、あの時の女性だ。多分、デニスの……彼の妻だ)

一体なんの用事があるというのだろう。なぜ、自分の存在を知っているのか。

「あの……何、か……？」

ウェンディは遠慮がちに目の前の女性に尋ねてみた。

女性はウェンディをじっと見据えてこう言った。

「はじめまして。私はジャスリン、デニス・ベイカーの……」

やっぱり！　とウェンディは確信した。

その瞬間、思わずジャスリンと名乗った彼女の言葉を遮ってしまう。

「ベイカー卿の奥様ですよねっ？」

「え？」

ウェンディの言葉に女性はぽかんとウェンディを見た。

その反応を見てウェンディは戸惑う。

「え？　ち、違うのですか？」

「い、いいえ？　……違いません。私のことをご承知おきくださっているなら話は早いですわね。改めてまして、デニス・ベイカーの妻、ジャスリン・ベイカーですわ」

自己紹介をしてきたジャスリンにウェンディも挨拶を返す。

「はじめまして、ウェンディ・オウルです」

デニスの妻がこうしてわざわざ会いに来た。

彼女はもしかしたらデニスからウェンディの存在を聞かされたのかもしれない。

かつての恋人と職場の部下として再会したことを。あの実直な男なら妻に隠し事をしたくないと話したのかもしれない。

だけどデニスはそれでいいかもしれないが、聞かされた妻にしてみれば気が気じゃないだろう。

夫の職場に別れた恋人……焼け棒杭に火がつくとか何とかを心配して当然だ。

あくまでもウェンディの憶測に過ぎないが、こうやってわざわざデニスの妻が会いに来たことを考慮すると、その憶測は外れていないと思う。

これは逃げも隠れもできない。幸いシュシュの存在は知られてはいないのだ。

ここは絶対に隠し通す。

ウェンディは決意を新たにジャスリンに向きあった。

「おっしゃりたいことはわかっています。だけどご安心ください、私はベイカー卿と復縁を望んだり彼にそれを迫ったりなど、そんなことをするつもりは絶っっ対にありませんから。彼とは今はただの上司と部下、それだけの関係です」

ウェンディがそうきっぱりと告げるとジャスリンは出端を挫かれたのか素っ頓狂な声を出した。

「え？　そうなのですか？」

「はい。やむを得ない事情で王宮で働くことになりましたが、まさかそこにベイカー卿がいるなんて思いもしませんでした。この再会は本当に偶然なのです」

「偶然……？」

「はい。もう彼には二度と会うことはないだろう、そこまで思っていましたから」

「もう二度と……」

「はい」

「じゃ、じゃあ彼とヨリを戻そうとか、そんな考えはありませんのね？」

「ヨリを戻すも何も、彼はもう貴女と結婚しているではありませんか」

「そ、そう、そうよっそうなの！　だからウェンディさん、お願いっ……私から彼を奪わないでっ」

「だから、奪うつもりなんて毛頭ありませんから」

「本当にっ？」

「本当の本当です」

必死な様相のジャスリンを見て、ウェンディの胸がじくじくと痛む。

(デニス、あなた何をやってるの……バカ正直に私のことを話して、奥さんをこんなにも不安にさせて)

だからあれほどいない者として扱って欲しいと願ったのに。

このときばかりは彼の実直な誠実さを恨んだ。

ウェンディはとにかくジャスリンを安心させたくてさらに言葉を足していく。

「私と彼は三年も前に別れているんです。それを今さらどうこうしようなんて思っていません。だから……」

「……だから？」

話の続きを促すジャスリンをまっすぐに見据えて、ウェンディはきっぱりと告げる。

「ベイカー卿にもお伝えしておりますがこれまで通り、私のことはいない者としてお考えください」

「そう……貴女はそういうお心積りだったのね……良かった……本当に良かったっ……！」

ウェンディの言葉を聞き、ジャスリンは張り詰めていた糸が切れたように泣き出した。

「べ、ベイカー子爵夫人……」

彼女の涙を見て、ウェンディは狼狽えてしまう。

そんなウェンディにジャスリンは涙ながらに気持ちを吐露する。

「とても、とても不安だったの……デニスに恋人がいたことは知っていたけど、当然もう終わっているものと思っていたからっ……それなのにこのところ彼の様子が変で怪訝に思っていたら、再会したと打ち明けられてっ……私とは家同士の繋がりだったから、かつては恋人だった貴女には到底敵わないと思ったの……！　離縁されるんじゃないかと思って怖かったのよ……！」

　ジャスリンの涙ながらの訴えをウェンディは黙って聞いていた。

（デニスめ……大切な奥さんにこんな辛い思いをさせてっ……ていうかどうして私がアイツの奥さんを慰めないといけないのよっ）

　最悪な気分だった。一番こうはなって欲しくないと思っていた事態が起きていることに目眩がしそうだ。

「……ベイカー子爵夫人に……お約束いたします。彼に必要以上に近づくことは決してしません。同じ職場なのでまったくの没交渉とはいきませんが、プライベートでは一切関わるつもりはありません」

「ウェンディさん……本当、ですの？　お約束していただけるんですの？　私たち家族を……引き裂いたりはなさらないと、誓ってくださいますわよね……？」

「はい。もちろんです」

「良かった……！　必ずですわよ？　必ず約束を守ってくださいませね」

「はい」

　それからジャスリンは何度もウェンディに念を押して帰って行った。

　その背中を見つめるウェンディの顔には疲労が色濃く出ていたのだろう。

　ウェンディの顔色を見た託児所の職員に心配される始末だった。

帰り道をトボトボ歩く母親を見て、シュシュが言った。

「まま、えーん？」

「やだママ泣きそうな顔してる……？」

「えーんしゅる？　よちよち」

抱っこされているシュシュが拙いながらも母親の頭を撫でる。

「シュシュ……」

娘の優しさに触れ、本当に泣きたくなってしまう。

それでも何とか泣くものかと耐えるウェンディにシュシュは言う。

「まま、かえろ？」

「そうねシュシュ、遅くなっちゃった。早くおウチに帰ろう」

そう返事をしてウェンディが再び歩き出そうとすると、シュシュが突然「おりしゅる」と言った。

「下りるの？　自分であんよするの？　いつもは抱っこ抱っこなのに？」

「まま、えーんだもん。すす、えらいもん」

「シュシュ……」

二歳の娘に案じられるほど泣きそうな顔をしていたのだろうか。

シュシュが母親のために頑張ろうとしている姿を見て、胸が熱くなった。

いじらしくて可愛くて、愛しさが溢れ出す。

「シュシュ、ありがとうね。ママ頑張るね」

「♪こじょ、こーじょー♪」

ウェンディがいつも口遊む歌をシュシュが歌い出す。

知らず笑みが零れて、ウェンディは娘の小さな手を握り歩きながら歌い出す。

「♪今日も根性〜、明日も根性〜、女はぁド根性ぉ〜♪」

夕日に背中を押されるように、母と娘はゆっくりと家路に就いた。

第三章 幼馴染との再会

先日会ったデニスの妻であるジャスリンの涙が頭から離れない。

デニスとの復縁なんて望んでいないことと、今後もプライベートで関わるつもりはないということを彼女には伝えたが、やはりそれでは不十分なのではないかと、冷静になった頭にふとそんな考えが浮かぶ。

「……やっぱり……仕事を辞めた方がいいのかも……」

ベケスド・ヤッコムに賠償金を支払っていた時ならきっと何がなんでも給金の高い王宮文官の職にしがみついただろう。

でも賠償金は無くなり、お金も返ってきた。

自分の存在があんなにもデニスの妻を不安にさせている。

これでもし万が一にもシュシュが生まれていることを知られたらどうなるのか。

デニスの家庭を壊しかねないこの状況で、このまま何食わぬ顔で働くことなんてできない……ウェンディはそう思ったのだ。

ちょうどいま、デニスは第二王子の随行で地方に巡察に行っている。

彼が王都に戻って来る前に次の仕事を見つけた方がいいのかもしれない。

(私が王宮の仕事を辞めれば完全に縁が切れるわ)

そうすればシュシュとの母娘水入らずの暮らしも、デニスの家庭も守れる。

彼の、デニスの幸せを壊したくはない。だから自分たちが消えるのが一番いい。

もうそれしかない、それが最良の選択なのだとウェンディは考えた。

そして次の休みの日に、休日でもやっている職業ギルドの求人情報の掲示板へとシュシュを連れて足を運んだ。

様々な業種の求人が多数貼り付けてある掲示板と睨めっこする。

「えっと……祐筆か、代筆業でもいいかも……。出版社とか新聞社とかどこかの貴族のお屋敷勤めとか、何かないかしらね……あ、魔法律事務所の公文書を作成する書記もいいかも……」

今の自分にできそうな、子どもを抱えながらも働けそうな職場はないものかとウェンディは目を皿にして掲示板を眺めた。

その時、ふいに視線を感じた。

というか掲示板の前に立つウェンディの近くに立ち、不躾にこちらを見ているのだ。

ちらりと目をやるとそれは若い男性だった。

(なんなの？　なんでそんなにこっちを見てくるの？　ナンパ？　まさかね！)

なんて心の中で自嘲して、ウェンディは相手にするまいと掲示板に意識を集中させた。

だけど突然、こちらを見ていたその男性の口から自分の名前が零れ出る。

「……ウェンディ……？」

「え……？」

名を呼ばれた事に驚いてその男性の方へと視線を向けると、相手はパァッと明るい笑顔になってもう一度ウェンディの名を呼んだ。

「やっぱり！　ウェンディ・オウルじゃないか！」

じゃないかと言われてもウェンディには相手が誰なのかわからない。

「えっと……？　失礼ですがどちらさま？」

わからないものを取り繕っても仕方ないのでウェンディは素直にその男性に尋ねた。

すると男性は溢れんばかりの笑みをウェンディに向ける。

「俺だよ！　ガキんとき近所に住んでた、左官職人の倅のノルダムだよっ！」

「ノル、ダム……？」

その聞き覚えのある名を耳にしてウェンディは怒涛の速さで記憶を遡り、とあるガキんちょの姿に辿り着く。

「えっ？　ノルダム？　ノルダム・オールトンっ？　えっ、悪たれノルっ!?」

「あははっ！　懐かしいなその呼び方！　そう、俺だよ悪たれノルだ！」

「うわぁ懐かしいっ……え、何年ぶりっ？」

「俺ん家が王都に引っ越して以来だから……かれこれ十年以上にはなるな」

「もうそんなに？　え、やだでもホント懐かしいっ……」

ノルダム・オールトンはウェンディの生家の斜向かいに住んでいた同い年の幼馴染だ。粗野で乱暴でホントにクソガキだったがなぜかウェンディとは気が合い、仲良くしていたのを覚えている。

彼の父親の仕事の都合で引っ越してからは疎遠になってしまったが、まさかこんな職業ギルドで再会を果たすとは。

ウェンディは驚きと懐かしさで気持ちが昂った。

「まま？」

そんな母親を、シュシュは小首をこてんと傾げて見つめている。

「ああごめんねシュシュ、大きな声を出して驚いたわよね。この人はママの子どもの頃のお友達なの」

「おともち？」

「そうよ、お友達よ」

ウェンディとシュシュのやり取りを、ノルダムは目を丸くして見ていた。

「ウェンディ……その子ども、まさか……」

「ふふ。そうよ、私の愛すべき可愛い一人娘。名前はシュシュというの」

「娘……そうかぁ、そうだよな、もうとっくに結婚している歳になったんだよな、俺たち……」

ウェンディに子どもがいることを驚いている様子とその口ぶりから、彼はまだ独身なのだろうかと思った。ウェンディは何気なく尋ねてみる。

「ノルは？　まだ結婚はしてないの？」

「ああ。なかなか縁がなくてな。てか甲斐性がなくて嫁なんてもらえねぇよっ。こうやってギルドで適当な仕事を見つけて適当に生きてる状態なんだからよ」

「そうなのね」

適当でもちゃんと働いているのだから甲斐性が無いとまで言わなくてもいいのに。なんて思いながらウェンディは幼馴染の話を聞いていた。

そんなウェンディにノルダムが言う。

「せっかく再会できたんだからどこかでメシでも食わねえ？　お互いこれまでのことを報告し合おうぜ」

「それもいいわね。小父さんと小母さんがどうしているのかも聞きたいし」

「ウチの親はピンピンしてるよ、しばらく帰ってねぇけど」

そんな事を話しながら、ウェンディは懐かしい幼馴染とギルド近くの食堂で一緒に昼食を食べた。

昔話に花が咲き、それから今のウェンディについて軽く説明をする。

「色々とあってね、この子の父親とは結婚しなかったの。というか誰とも結婚なんてしてない。いわゆるシングルマザーってヤツね。今は王宮で文官として働いているの」

「すげぇな、王宮の文官サマかよ……そういえばお前、昔から頭が良かったし字もキレイだったもんな。……でもそうか、未婚で子どもを産み育ててるのか……」

一瞬、ノルダムの声が暗くなったのを感じたウェンディは敢えて明るく話す。

「べつに何てことないのよ？　結婚してなくても父親がいなくても子どもは元気に育つし。私はシュシュがいてくれるだけで幸せなんだもの」

「ウェンディ……お前、苦労したんだなぁ……」

「やだやめてよ、苦労だなんて思ったこともないんだから」

「ウェンディぃ～～っ」

ウェンディの言葉を聞き、ふいにノルダムの涙腺が決壊した。

そういえば彼は昔から喧嘩っ早くて乱暴なくせに涙脆くて優しい奴だったとウェンディは思い出した。

「も～泣かないでよぉ」

ウェンディはそう言ってノルダムにハンカチを渡した。

「だって、だってお前っ……」

涙ながらに訴えるノルダムに、シュシュが言った。

「おじたん、えーん？」

「え？　えーん？」

「ふふ。おじさん泣いてるの？　と聞いてるのよ」

ウェンディが通訳をするとノルダムはシュシュに返事をした。

「そうなんだ、おじさん泣いてるんだっ……」

「おじたんよちよち」

シュシュはそう言って、自分のお子さまランチから赤いサクランボをノルダムに差し出した。

「お、俺にサクランボをくれるのか？　なんて優しい子なんだっ……シュシュちゃんはいい子だなぁっ……！」

そう言ってノルダムは感激してさらに泣き出した。

「また泣く～、泣き虫なのは昔と変わっていないのね」

「人間の本質は変わらないってどこかのお屋敷で下働きをしてた時に、そこん家の偉そうなオッサンが言ってたなぁ～……」

泣きながらもそう話し続けるノルダムがなんだかおかしくてウェンディは笑った。

一頻り笑った後でウェンディは本音を口にする。

「こんなに笑ったの、随分久しぶりだわ……今日はノルに会えて本当に良かった」

「ウェンディ……」

そうして懐かしい幼馴染との楽しいランチの時間はあっという間に過ぎていった。

食堂を出たところでウェンディはノルダムに言う。

「今日はありがとうね、ノル。会えて本当に嬉しかった。お互い色々あるだろうけど頑張って生きていきましょう！」

そんなウェンディの言葉を聞き、ノルダムは逡巡しながら言う。

「……ウェンディ……また、会えないか？」

「え？」

「ここで再会したこと、何か意味があると思うんだ。いや意味なんてなくてもいい。俺、お前を助けてやりたいっ」

「うーん、でも別に苦労してると思っていないのよねぇ」

「女手ひとつで子どもを懸命に育ててるお前は本当に立派だと思う。だから俺は……そんなお前を助けてやりたいと、食事をしながらそう思ったんだ」

「ノル……」

「まぁ幼馴染のよしみだよ！　そんな遠慮すんなって！　困ったことがあればなんでも俺

に言ってくれ！」

「ふふ。ありがとうねノル。気持ちだけは有り難く受け取っておく」

ウェンディはそう言い留めるだけにしておいた。

だが翌日ノルダムは、終業時間に城門の前で待っていた。

「ノル、本当に来たの？」

「そんなつれないこと言うなよ、ほら、子ども連れて買い物は大変だろ？　アパートに帰るまで手伝うから」

そう言ってノルダムは買い物の荷物を持ちウェンディ親子をアパートまで送ってくれる。

それが何日か続き、ある日ウェンディはアパートの前でノルダムに言った。

「ノル、ちょっと待ってて」

ウェンディはそう言い置いて急ぎ部屋の中へと入って行く。

そして保存容器を手に持って戻ってきた。

それをノルダムに手渡しながら言う。

「はい、これ。いつも荷物を持って手伝ってくれるお礼。あなたが昔好きだった実家のミートローフよ」

「えっ……？　あのウェンディのお袋さんの得意料理だった？」

「そう。亡くなった母仕込みの特製ミートローフ。味も一緒だと思うの。良かったら持って帰って食べて」

それを聞き、ノルダムの表情がみるみるうちに明るくなっていく。

「えっ？　い、いいのかっ？」

「いいのよ。これがお礼なんて烏許がましいかもだけど」

「そんな訳ねーだろ。いやマジで嬉しいよウェンディ！」

「ふふ、大袈裟ねぇ」

思わず吹き出して笑うウェンディを、ノルダムがじっと見つめてきた。

その視線に気づいたウェンディが彼に尋ねる。

「ん？　なに？」

「……ウェンディ……」

「どうしたの？　いきなり真剣な顔をして」

突然雰囲気が変わったノルダムをウェンディは怪訝に思う。

そして次の瞬間、ノルダムから信じられない言葉が飛び出した。

「ウェンディ……俺、お前にホレちまったかも……！」

「……え？　……は？　バカ言ってんじゃないわよ。いえバカね。そういえば昔からバカだった」

思いがけない告白に面食らったが、ウェンディはにべもなく一蹴した。

ノルダムは本気だと言い張るがあんな軽い口調で告げられてもふざけているとしか思えない。

もともとが幼馴染でしかないのだ。とてもじゃないが異性として、恋愛の対象者としては見られない。というかあり得ない。

なのでウェンディは決してノルダムをアパートの部屋に入れはしなかった。

ノルダムに変な勘違いはさせたくなかったし、母親一人で子どもを育てている家庭に男が出入りしていることが知れれば、近所で変な噂が立たないとも限らない。

王宮文官として不名誉な噂は避けるべきだし、何よりシュシュの母親として後ろ指を指されるようなことはしないとウェンディは心に決めていた。

ノルダムからはそれなら家で食べさせてくれても……と思っているオーラが滲み出ているがそこは気づかないふりをしてきっちり線引きしている。

それを不服に思ってノルダムが去っていくならそれはそれでべつに構わない。

ウェンディはシュシュを産んだ瞬間から娘のために生きて、娘のために行動すると決めているのだ。

だから恋人をつくるつもりもないし、いまさら結婚なんて絶対にしない。

ウェンディにとって何よりも大切なのは娘の人生。

自分の幸福よりもシュシュが安心して暮らせるようにしてあげる。それがウェンディの最重要課題だ。

それに……悔しいけど、自分の心はずっとある人物に捕らえられたままなのだと思い知った。

それが悔しいけど。本当に悔しいけど、あの頃からずっと……変わらず。

ウェンディの脳裏にかつて恋人だった男の後ろ姿が浮かぶ。

今は仕事で王都にいないあの男の、デニスの広い背中が。

ウェンディはデニスの温かくて頼もしい背中が大好きだった。恋人だった頃はよく後ろから抱きついて彼の背中に顔を埋めた。

そうやって甘えて、恋する気持ちを余すことなく伝えて、それに同じ想いを返してもらえることに喜びと幸せを感じていたのだ。

今となってはもう遠い遠い過去のことで、今はもうあの広く温かな背中は他の女性のものだけれど。

そうやってウェンディだけが今もあの時と同じ気持ちのまま、動けずにそこに取り残されている。

そんな自分が新たに恋愛なんて無理だ。できるはずがない。

だからノルダムと会うのも外。公園や市場など日常生活の場の範囲内とウェンディは決めている。

休みの日の午後からはシュシュと公園に来ていると知ったノルダムが、今日はわざわざやって来た。

近所の駄菓子店でキャンディを買ってきたらしく、それをシュシュに手渡している。

キャンディをもらって嬉しそうにしているシュシュの姿を見て、ウェンディは内心ため息をついた。

その時、ぽつりと雫が落ちた。

「え、あら雨……？　さっきまで晴れていたのに」

ウェンディが空を見上げるとブランコに乗っていたシュシュが言った。

「まま－！　あめ－！」

「大変、すぐに帰りましょう」

ウェンディはシュシュとノルダムの方に駆け寄った。雨がぽつりぽつりと降り始めている。

「ノル、シュシュと遊んでくれてありがとう。雨が酷くならないうちに帰るわ」

「本格的に降り出しそうだ。俺がアパートまでシュシュちゃんを抱いて走るよ」

ノルダムはそう言ってシュシュを抱き上げた。

「でも悪いわ。アパートはすぐそこだから大丈夫よ」

「だからこそ俺が抱いて走った方が早い、ほら行くぞ」

そう言ってノルダムが走り出す。雨足はどんどん強くなってきたのでウェンディもそれに従って後を追いかける。

だけどアパートに着いた頃には三人とも程よく濡れてしまっていた。

部屋のドアの前でノルダムがシュシュを下ろしながら言った。

「すぐに体を拭いて着替えないと風邪を引くぞ。じゃあ俺は帰るから」

「待ってノル！　タオルと傘を持って行って……！」

雨の中送ってくれたのに、こんなときにでも部屋に上げないのはさすがに申し訳なく感じ、せめてもと思いタオルと傘を渡した。

そのふたつを受け取りノルダムが言った。

「サンキュ、風邪引くなよ」

「ノルもね」

「俺は頑丈にできてるから平気だよ、じゃあな」

そう言ってノルダムはアパートの階段を景気良いリズムで下りて行った。

その足音が耳に届く。彼が風邪を引きませんようにと願いながらウェンディはシュシュと共に部屋に入った。

しかしそれから五日間、ノルダムはウェンディの前に姿を現さなかった。

毎日ではないにしろマメに顔を出していた彼が急に来なくなったのだ。

仕事の都合かそれとも……「風邪を引いたのかしら」。そう思うと良心が痛んで仕方ない。自分たちを送り届けたせいで余計に濡れて風邪を引かせたのなら罪悪感が半端ない。

ウェンディは気になって気になってたまらなくなり、いざというときのためにとノルダムに知らされていた彼のアパートを訪ねてみることにした。

もし風邪を引いていたのであればシュシュと接触させるわけにはいかないので、託児所に延長で預かってもらう手続きをして、ウェンディはノルダムのアパートを訪れた。

「ここね……」

チャイムのないドアをノックして訪いを伝える。

するとややあって「はい……」という嗄れた声とともにドアが開いた。

中からパジャマ姿のノルダムが顔を覗かせ、訪問者がウェンディであることに驚いていた。

「ウェンディ……？　なぜここに……？」

「やっぱり風邪で寝込んでいたのね。あの雨のせいでしょ？」

「いや、たまたまだよ……」

風邪のせいかいつもの勢いのなさにウェンディの眉が下がる。

「熱は？　高いの？　食事は食べてる？」

「熱は……だいぶ下がった、メシは……パンをかじってた」

「もう、そんなんじゃ治るものも治らないわ。食事を持って来たの。中に入ってもいいかしら？」

自分は部屋に入れないのに中に入れろなんて勝手だとは思いつつも緊急事態だ。

ウェンディがそう言うと、ノルダムは肩を竦め「散らかってるぞ」と言いつつ部屋へ招き入れてくれた。

「お酒くさっ……なに？　風邪を引いてるのにお酒を呑んでたの？」

部屋の中に転がる酒瓶を見てウェンディは眉間にシワを寄せる。

「酒は百薬の長だぞ。アルコールで消毒してたんだよ」

「バカだ、バカがここにいるわ」

「なんだよ」

そんな軽口を言い合いながらウェンディは手早く部屋の中にあった小さなテーブルの上を片付けて持参した食事を並べた。

「家にある風邪薬も持ってきたの。食事を食べたら服用してね」

「ああ。悪ぃ」

「風邪を引かせた原因は私だもの。このくらいさせて貰うわ」

「久しぶりのまともなメシだ……」

そう言ってノルダムはウェンディが作った食事を食べ始めた。

その間、ウェンディは散らかった部屋を片付ける。ゴミをまとめ、脱ぎ散らかした衣類をタライに入れてキッチンのシンクで洗った。洗濯できるような場所が他になかったからだ。

洗濯を手早く済ませ窓の外にある物干し用のロープに掛けていく。

それがすっかり終わる頃にはノルダムも食事と服薬を済ませてベッドに戻り、そして寝息をたてて眠っていた。

滋養のあるものを食べて薬を服用し、幾分か体が楽になったのだろう。呼吸が安定し、規則正しい寝息が聞こえてきた。

それをぼんやりと聞きながらウェンディはぽつりと独り言をつぶやいた。

「そういえばあの人も何度か風邪を引いて、その度に看病に行っていたな……」

あの人が誰かなど言うまでもない。

懐かしい記憶を胸の片隅に追いやり、ウェンディは眠っているノルダムに小さな声で「お大事にね」と告げて、静かに部屋を出て行った。

それから数日後、ノルダムは仕事を終えたウェンディの帰りをわざわざ待っていて、開

口一番にこう告げた。

「ウェンディ。俺たち、付き合おう。前は冗談で済まされたけどな、今度は引き下がらないぜ」

ノルダムのその言葉に、ウェンディは眉根を寄せた。

「……まだ熱があるみたいね」

「熱はもう下がったよ！　ウェンディのメシと薬のおかげだ、ありがとうな。なぁウェンディ、俺は真剣だぜ」

ノルダムの率直な言葉にウェンディは内心最大のため息をつく。

「わざわざ子持ち女を選ばなくてもいいでしょう」

「選んだ相手にたまたま子どもがいただけの話じゃねえか。俺はウェンディがいいんだよ、シュシュちゃんも可愛いし」

再会して二週間ほど。なぜノルダムが性急に交際をしたいと思ったのかが理解できない。

「勘違いしないでほしいんだけど……見舞いは幼馴染としてよ。それに、あなたも後悔するだけだからやめておきなさい」

「後悔なんてしねぇよ」

「私は間違いなく後悔するわ。とにかく、もう誰とも恋愛するつもりはないの。気持ちだけ有り難くもらっておくわね。もっといい人をさがして」

「待て、そんな簡単に結論を出すな。もう少し考えてくれたっていいだろ」

「いくら考えたって答えは同じよ。私の気持ちは変わらないもの」

「とにかく！　返事は〝はい喜んで！〟しか受け取らないからな！」

「そんな酒場の店員の返事みたいな……どうしてそんなに？」

「お前こそどうしてそんなに頑なに拒むんだよ。そんな難しく考えることか？」

「……考えるわよ。あたりまえじゃない」

だけどウェンディはそれを、その理由を口に出すことは絶対にしない。

ノルダムに怪訝な顔をされようと構わない。

デニスを、彼をいまだに愛しているから恋愛しないなんて、できないなんて、そんなことは絶対に言えないのだから。

彼はもう赤の他人よりも遠い存在なのに、彼を愛した気持ちはなかなかウェンディの中から消えてくれないのだ。

それならば一生この想いを大切に胸に秘め、彼から貰った最高で最後の贈りものである娘と共に生きていく。

ウェンディはその想いを打ち明けられなくてもノルダムにわかって欲しくて言葉を尽くす。

「私はね、母親業に永久就職したの。そこに男なんて要らないわ」

「でもシュシュちゃんには父親が必要なんじゃねぇのか」

「そうとも限らないわ。それに、それを決めるのはシュシュよ。あなたじゃないわ」

「ノル、何度断っても聞き入れてくれないなら、あなたとはもう会わないわ」

「ウェンディ〜……」

「ウェンディっ……」

ウェンディのハッキリとした拒絶にノルダムが怯んだ様子を見せた。

「ごめんなさいノル。でも私は、誰とも交際はしません」

「……俺は……いや、いい。いや、でも……っくそっ」

「ノル？」

何か言いたげにしつつも言葉を飲み込むノルダム。

そしてそのまま「また来るよ」と言って去って行く。

ウェンディは「もう来なくていいのよー」とその背中にダメ押しをした。

これで諦めてくれればいいのだけれど……。

ノルダムの様子が少し変なことが気になったが、それ以上は言及しなかった。

それから数日後のことだった。

仕事で他の文官と街に出たウェンディは見知った後ろ姿を見掛けた。

洒落た服で着飾った女性と腕を絡ませて通りを歩くその男。

（あらま）

後ろ姿で顔が見えなくてもそれが誰なのかはすぐにわかった。

女性の方はつばの広い帽子を目深に被っていたせいもあり顔は見えなかったけど、その女性の方へと向けたノルダムの顔はばっちりと見えた。

もともとノルダムに対し恋情なんて抱いていないので別にこれといって何も思わないが、奴は誠実さを一体どこに置き忘れてきたんだと問いたくはなる。

そんな関係の女性が居ながらよく恋人になりたいなんて言えたものだ。

（まぁ私には関係ないけどね）

とウェンディが思った、その翌日。

「よ！　ウェンディ！」

（わぉコイツ、一体どういう神経しているのかしら）

次の日、何事もなかったかのようにノルダムがまたウェンディの終業時間を狙って王宮近くで待っていた。

悪びれる様子もなく人懐っこい笑顔を向けてくるノルダムにウェンディは半ば呆れてしまう。

べつに彼の女性関係に口を出すつもりはないが、腕を絡ませて一緒に歩くような女性が居るのに他の女に会いに来るこの男の神経がわからない。

とにかくウェンディはそんな男とこれ以上関わる気にはなれなかった。

なので、ここはハッキリとわからせておくことにする。

「私ね、昨日見たのよ」

「ん？　何を見たんだ？」

「あなたが帽子を被ったオシャレな女性と一緒に居るところを」

「えっ……!?」

ウェンディの言葉を聞き、ノルダムは一瞬で表情を変えた。

「あ、誤解しないでね？　あなたがどんな女性とどんな関係でいようがべつに構わないの。ホントよ？　これは幼馴染からの忠告として聞いて欲しいんだけど、深いお付き合いをしている女性がいるのに他の女にもちょっかい出すような男はどうかと思うのよ。そういうの、やめた方がいいわ」

ウェンディがそう言うとノルダムは慌てて取り繕おうとする。

「ま、待ってくれウェンディ！　もちろんお前が恋人になってくれるなら向こうとは別れるよ！」

「悪たれノル……。あなた、大人になったらなったでやっぱり悪たれなのね。まぁ私の知ったこっちゃないけれど」

「信じてくれウェンディ！　あっちとはちゃんと別れるつもりだったんだよ！　でもお前が『うん』と言ってくれねぇからっ！」

ノルダムはウェンディに縋るように言い訳をする。

「え、私のせいなの？　うーんまぁなんでもいいけど。なら良かったじゃない別れずに済んで。ねぇノル、私は本当に怒っているとかそんなんじゃないのよ？　結婚がしたいなら彼女とすればいいと思うの。シュシュと遊んでくれていたあなたはきっといいお父さんになれるわ。ありがとうね。そして頑張って！」

ウェンディは幼馴染として心から思ったその言葉を残して、ノルダムの横を通り過ぎようとした。が、ふいにノルダムに腕を摑まれる。

「わかった！　わかったよウェンディ！　付き合うなんてまどろっこしいことはすっ飛ばして、もう結婚しよう！」

「はぁっ!?　あんた、私の話を聞いてなかったの!?　……バカじゃないのっ？」

「ちゃんとケジメをつけりゃ信じてくれるだろ？」

腕を摑む手に力が込められて痛みが走る。

「痛っ……ちょっと！　ふざけるのもいい加減にして！」

「ふざけてなんてねぇよっ」

これがふざけてないならなんだと言うのだ。一向に腕を離さないノルダムの頰を張り倒してやろうかとウェンディが思ったその時、背後からよく知っている声が聞こえた。

「そこで何をしている」

鋭く、重く、低い声がウェンディの耳をすり抜けノルダムに向けられる。

「その手を離せ」

声の主はそう言ってノルダムの手首を掴み、無理やりウェンディから引き離した。

そして庇うようにウェンディを自身の方へと引き寄せる。

泣きたくなるくらい懐かしい彼の香りが、ウェンディの鼻腔をくすぐった。

（デニス……）

ウェンディが顔を上げると、そこには第二王子に随行して地方に巡察に行っていたはずのデニスがいた。

「デニ……いえベイカー卿、王都に戻っておられたのですか」
ウェンディは突然現れたデニスにそう尋ねた。
腕を掴んでいたノルダムから離すためだとしても、引き寄せられた距離にドキッとしてしまう。

デニスはノルダムに鋭い視線を向けながらウェンディに答えた。

「ああ。今日の午後近くに帰城した。それで残務処理を終えて帰ろうとしたら口論が聞こえて、確認に来てみればその一人がキミだったから驚いたよウェンディ」

「そうでしょうね……」

こんなはたから見たら痴話喧嘩のような現場に私がいたのだから、それは驚かれたでしょうよ。と思いながらウェンディはデニスから離れ適切な距離を取った。

「あんたっ……」

ノルダムはデニスを見て気まずげに顔を逸らす。

その瞬間、ウェンディはハッとした。

デニスの髪色と瞳の色を見れば、シュシュとの血の繋がりが必然とわかるからだ。

「えっと、あのっ……」

ノルダムが迂闊なことを言う前になんとか誤魔化さねば、と慌てるウェンディを尻目に、ノルダムは「じゃ、じゃあまた連絡するからっ……!」と言ってそそくさとまるで逃げるようにその場から立ち去った。

(え？　なに？　なぜ急に？)

と思いつつも難を逃れたウェンディはとりあえず安堵した。

そしてウェンディは遠のいていくノルダムの背中に向かって告げる。

「もう連絡なんて要らないからね！　恋人と仲良くやりなさーい！」

(でもやけにすんなりと引き下がったわね？　悪たれノルなら首を突っ込んで来た相手と喧嘩になりそうなものなのに……まるで逃げるようだったし)

ウェンディの頭に疑問が浮かぶ。

デニスはそんなウェンディを見て眉をひそめていた。

「今の男は知り合いか？」

「……ただの幼馴染よ」

「その間、何かあるだろ」

「何も無いわよっ。あったとしても貴方には関係ないでしょ」

「関係ないことはない、ということはない、が……」

なんだその変なもの言いは。

ウェンディはきっぱりとデニスに告げた。

「いいえ、貴方には関係ありません！　他人のプライベートに首を突っ込まないでください」

「……そうだな」

なぜデニスがウェンディの言葉に傷付いたような顔をするのか。

彼にとってもっとも大切にするべきは家族なのだから。それは今までと変わらず、そうであるべきなのだから。

それなのにデニスはウェンディにしつこく食い下がってきた。

「でも向こうはただの幼馴染という雰囲気じゃなかったぞ。危険な人物なんじゃないのか？　付き纏われているんじゃないか？　女性の腕をあんなに強く掴むなんて……掴まれたところが赤く腫れているんじゃないのか？　見せてみろ。場合によっては俺が対応を……」

矢継ぎ早にそう言って掴まれた腕を確認しようとするデニスを拒絶するために、ウェンディは思わず余計なことを口走ってしまう。

「十数年ぶりに再会して、何を思ったかプロポーズをされただけよ！　べつにノルは犯罪者というわけじゃないんだから問題ないわっ、大事にしないで」

「プロポーズ？」

「あ、」

「ウェンディ」

「な、何よ！　と、とにかく貴方には関係ないことなんだから放っておいて！」

そう言い捨てて、ウェンディは早足に歩き出した。

「ウェンディ！」

後ろからデニスの声が聞こえてくるが振り返るわけにはいかない。

デニスには近付かない、そうジャスリンと約束したのだから。

ウェンディはとにかく、シュシュの待つ託児所へと急いで向かった。

足早に去って行くウェンディの後ろ姿を見つめながら、デニスは顎に手を当て思案する。

「さっきの男のことをノル……とウェンディは呼んでいたな。幼馴染とも。確かウェンディの出身の街は……それだけわかれば充分だな。少し調べてみるか……」


「ままー！　もー！」

「ごめんシュシュ！　ホントにごめんねっ」

託児所に着くと、やはりいつもよりお迎えが遅くなったことにシュシュはご立腹であった。

託児所の職員のお姉さんに遊んで貰っていたらしいのに、母親の顔を見るなり仁王立ちになって腕を組んでぷんぷんと怒っている。

サクランボ色のほっぺをぷくぅと膨らませながら、シュシュが文句を言う。

「おしょいのー！」

「ごめんシュシュ～……」

（ほらぁ……シュシュ様が激ぷんじゃないの。デニスとノルダムめぇ……）

これは娘のご機嫌取りに時間がかかりそうだ。どうしてくれるんだと、ウェンディは心の中で男共に恨み言をつぶやいた。

第四章

シュシュ、拐かされる

地方の巡察から戻ったデニスと鉢合わせをしてから、ノルダムがウェンディの前に現れることはなくなった。

もう来るなと言ったことが功を奏したのか、ウェンディは再びシュシュと二人の穏やかな暮らしに戻っていた。

ノルダムと遊べなくなってシュシュは少し寂しそうにしていたが、託児所に沢山遊んでくれる若い職員が採用されてからはノルダムの〝ノ〟の字も言わなくなった。

子どもの順応力というのは、時にシビアである。

そしてノルダムの登場のせいで一時棚上げになっていた、ウェンディの新しい職場探しの問題。

いや、ウェンディの中でもう答えは出ていた。

王宮を辞めて再びデニスとの縁を断つ。

彼の妻であるジャスリンとの約束を破り、そしてあのクルトという子どもの、純粋でキラキラとさせていた瞳を曇らせるようなことだけは決してあってはならない。

そう結論付けたウェンディは次の休日にでもまた職を求めてギルドへ行こうと考えていた。

そんな時、事件は起こった。

本日の業務を終え、ウェンディが帰るために身支度を整えている時に公文書作成課の従者が来客の訪いを告げてきた。

一体誰だろうとウェンディが部屋の入り口付近に視線を巡らせると、そこにはいつもシュシュを預けている託児所の職員がいた。

なぜ託児所の職員がこんな王宮にまで？

ウェンディは嫌な予感を抱きながらその職員の元へと行った。

公文書作成課にはまだ数名の職員が残っている。子どもが居ることは公にはしていない。少し視線を感じるが、気にしている場合ではなさそうだ。ウェンディは職員に声をかけた。

「先生、お世話になっております。……なぜ王宮まで？」

ウェンディがそう問いかけると、職員は焦燥感を露わにして早口で告げた。

「シュシュちゃんのお母さんっ……つかぬことをお尋ねしますが、今日のお迎えを親戚の方に頼まれましたかっ？」

「え？　親戚……？　い、いいえ、私に親族はおりませんので……」

「あぁぁ……やはり……！」

そう言って酷く狼狽える職員にウェンディは急くように尋ねる。

「何かあったんですかっ？」

「そ、それが……先ほどシュシュちゃんの伯父だと名乗る人物がお迎えに見えて、新人の職員がきちんと確認せずにシュシュちゃんを引き渡してしまったんですっ……！」

「……嘘っ……え、それって……」

職員の話を聞き、ウェンディは愕然とする。

職員はウェンディに告げた。

「お迎えに来た人物に心当たりはありませんかっ……？　三十代くらいの、中肉中背の男だそうですっ」

ウェンディは血の気の引いた顔を、ただ横に振る。

指先が凍るように冷たくなっていくのを感じた。

ウェンディの異変に気付いた同じ公文書作成課の文官たちがウェンディの元へ駆け寄って来た。

「オウルさん、どうしたの？　何かあったの？」

「顔色が真っ青じゃないかっ、一体どうしたんだ」

皆一様にウェンディの様子がおかしいことに驚きと心配の声をかけてくる。

一体なぜ……と頭の中でぐるぐると考えるウェンディの代わりに託児所の職員が他の文官たちに説明をした。

「そ、それが……オウルさんの娘さんが身元不明の男に連れ去られたようで……」

「なんだってっ？　娘さんがっ？　そ、それは誘拐じゃないかっ！」

「っ……！」

〝誘拐〟、その言葉がウェンディを心を打ちのめす。

「オウルさん！」

途端に足に力が入らなくなり、ガクンと膝から崩れ落ちるウェンディを咄嗟に支えた者がいた。

かつては自分の一部のように馴染んでいた香りに包まれる。

溺れる水の中で差し伸べられた手に救いを求めるように、思わずその腕に縋ってしまう。

「どうしたんだ、一体何ごとか」

頽れる直前にウェンディを支えたデニスがそう言った。

「あ……」

娘がいることをデニスにだけは知られてはならない状況なのに、シュシュのことが心配なあまり上手く頭が回らない。

震えるばかりで声が出ないウェンディを見て、デニスはその場にいた他の文官に状況の説明を求めた。

「何があったのか誰か説明できるか？」

「え、えっと……その……」

見るからに貴族であるとわかるデニスに、託児所の職員は萎縮して上手く言葉を発せないようだ。

見かねた文官がざっと端的に説明をした。

「オウルさんの娘さんが託児所から誰かに拐かされたようなのです……」

「……なにっ娘っ？　ウェ……オウル君、キミには子どもがいたのか……？」

ウェンディを支えるデニスの腕に力が込められる。

ウェンディはデニスの顔を見ることが出来ずにただ黙って頷いた。

デニスはウェンディの体をしっかりと支えたまま他の文官たちや託児所の職員と話を続けた。

おおよその状況がわかったデニスが少し思案してからウェンディに言う。

「キミの娘を連れ去った犯人に心当たりがある……全て俺に任せてくれるか？」

「え……犯人に……？　な、なんでもいいですっ……お願いしますっどうか娘を、シュシュを助けてっ……！」

デニスが示した、娘を救い出す僅かな縁にウェンディは縋りついた。

「シュシュちゃん……というのかキミの娘は……わかった。必ず救い出すから、キミはこのまま王宮に留まっていてくれ。そんなフラフラな状況で一人で帰らせるわけにはいかないからな。それに王宮にいた方が何かと連絡を取りやすい」

デニスが冷静な声でそう言うのを聞き、ウェンディは何度も頷き返した。

それを確認したデニスは女性の文官にウェンディのことを任せ、急ぎどこかへと向かって行った。

ウェンディから娘の救出を託されたデニスは一人急ぎ足で王宮内を歩いていた。
苛立ちと焦燥感と、何とも言えない感情がデニスの足取りを乱暴に速める。
ベケスド・ヤッコムを処断した時、このような事が起こるのではないかと頭の隅にはあった。
しかしそのときのデニスはウェンディに娘がいることは知らなかったし、ウェンディに何かあれば恋人時代に彼女の体にマーキングしておいた自分の魔力ですぐに駆けつけられると過信していたのだ。それがこんな事態を招いてしまうとは。

「くそっ……ウェンディを逆恨みして、報復として彼女の大切な子どもを狙うとは……！」

犯人はおそらくベケスド・ヤッコムの長男だろう。

ヤッコム家の全財産没収となった時に酷く罵声を浴びせてきたのがヤッコムの長男、コスムカバ・ヤッコムだった。

『覚えてろっ……絶対にこのままでは済まさんからな！』

デニスに向かってコスムカバがそう言ったとき、単に負け犬の遠吠えに過ぎないと思っていたのだがまさかこんな卑劣な手段に出るとは……。

ウェンディの子が幾つなのか年齢を尋ねるのを忘れていたが、自分と別れた後に出会いがあり出産したのであればまだ一歳かそこらか、いずれにせよまだ赤ん坊と呼べるくらいだろう。

そんな子を拐かすなど……親子揃って人間の屑だとデニスは強い憤りを感じていた。

そして胸の奥に広がるこのなんとも言えない悲しみ……。

（そうか……ウェンディ、キミはすでに母親になっていたのか……）

あの時、彼女の手を離したのは紛れもなく自分だ。

その後誰かがその彼女の手を取り、そして彼女は子を産んだ。

自分にはそれを嘆き悲しむ資格などないとわかっていてもどうしようもない遣る瀬なさ

を感じてしまう。

だが幸せになって欲しい、そう願って彼女の手を離したのだ。

そしてその願い通りにウェンディは幸せを手にしたのだろう。

しかし旧姓のままというのはどういうことなのだろうか。

(結婚していないのか？　それとも離婚したのか……？)

そのことが酷く気になるが、今はそれどころではない。

デニスは目的の場所であった、友人である第二王子の執務室へと到着した。

「デニスです。王宮魔術師を貸してください」

ノックもそこそこに扉を開け、無茶な要求を突きつけてくる友に、第二王子は驚かない。

「なんだ、藪から棒に。例の元カノ絡みか？」

少し揶揄うような含みも感じる王子の問いかけに、デニスは頷いた。

「ええ、まぁ……そのようなものです。今は部下である彼女の娘が誘拐されました。王宮の文官の身内を狙う卑劣な犯行です」

「え？　お前の元カノ子持ちなの？」

デニスはヤッコムのときと同様に、王宮魔術師の協力を要請した。

「王宮の文官の実子を誘拐するなど王家を侮辱するも同然！　でも子持ちってどういうこと？」と王子は疑問を抱きながらも怒り、快く一級魔術師を一名派遣してくれた。

その魔術師と共にデニスは一旦ウェンディの元へと戻る。
突然の魔術師の出現にウェンディは驚いていたが、娘を取り戻せる光明だと思えたのだろう。
「よろしくお願いします」としきりに頭を下げていた。
そして魔術師はウェンディが持つ微量な魔力を基に追跡魔法を展開、事件発覚が早かっ
たためかすぐに娘の居場所を突き止めることが出来た。
「下町の安ホテルにいる」
魔術師がそう言うと、弾けるようにウェンディは立ち上がりその現場に向かおうとした。
それをデニスは慌てて引き止める。
「待てウェンディ！　キミが行っても事態を悪くするだけだ、犯人の狙いはキミへの報復
なんだぞ。それにキミを危険な目に遭わせるわけにはいかない」
「でもっ……私はあの子の母親なのよっ……私が助けに行かないとっ……！　それに、こ
れ以上貴方に迷惑はかけられないものっ」
娘のために我が身を顧みず必死になるも、デニスに迷惑をかけまいとする姿がいじらし
い。デニスはそう思いながらウェンディに穏やかに告げた。
「俺に任せてくれと言っただろう。それは最後まで関わらせてくれということだ。キミの
大事な娘さんは……シュシュちゃんは俺が必ず救い出すから、キミは俺を信じて待ってい

て欲しい……」

「デニス……貴方が……あの子の元に……」

ウェンディはそうつぶやいた後、俯いて何やら思案している。そしてやがて覚悟を決めたように顔を上げた。

「……わかったわ……あの子を、シュシュをお願い……」

「わかった。キミの大切な宝ものを、必ずキミの腕の中に戻すから」

「デニス……ありがとうっ……」

そうしてデニスは魔術師が探知したコスムカバ・ヤッコムが潜伏していると見られるホテルに王宮騎士数名と向かった。デニス自身も久々に帯剣しての行動である。

フロアから一般人を避難させ、デニスは騎士たちと一緒に気配を消してコスムカバが宿泊している部屋を取り囲む。

デニスはコスムカバに面が割れているため、同行した騎士がホテルの係員のフリをして中にいるコスムカバと接触を図った。

騎士が数回ドアをノックして部屋の中にいるコスムカバに告げる。

「お客さま、大変申し訳ございません。当ホテルのサービスであるウェルカムワインをチェックインされた時にお渡しするのを忘れておりました。遅ればせながらお部屋までお持ちしたのですがお受け取りいただけますでしょうか？」

騎士はそう言ってコスムカバの出方を待つ。

酒が貰えると聞き、コスムカバは嬉々としてドアを開けた。

「なかなか気が利くホテルじゃねぇか。まぁどうせ安物のワインだろうが呑んでやるよ」

しかしそこで、ようやくコスムカバは目の前にいるのがホテルの係員などではなく騎士であることに気づく。

「っチッ、……クソがっ！」

舌打ちしたコスムカバが部屋の中へ逃げ込もうとするのを見て、デニスは騎士に命じた。

「取り押さえろっ！」

騎士がその言葉に即座に反応してコスムカバの身柄を拘束すると、騒ぎの横をすり抜けてデニスは室内に侵入した。

だが部屋の中はがらんとしていて子どもの姿はどこにも無い。

「放せよっ！　チクショウッ……!!」

デニスは、騎士により床の上に取り押さえられ、一人で喚いているコスムカバに言った。

「子どもはっ？　連れ去った女の子はどこにいるっ！」

焦りを滲ませるデニスに、コスムカバは下卑た笑みを浮かべ「知らないねぇ」と言ってせせら笑う。

「クズめ……」

この場でコスムカバを締め上げて無理やり白状させるのは容易い。

しかし荒事で大きな音を立てて、ウェンディの娘に怖い思いをさせるのは忍びなかった。

それに白状させるまでの時が惜しい。もし一分一秒を争うような事態になっていたのだとしたらその間に取り返しがつかないことになるかもしれないのだ。

（俺にも出来るか……）

魔力を探知するなど高魔力保持者でなければできない。

しかしウェンディの魔力を受け継ぐ子どもで、至近距離であるならばあるいは……。

自分の魔力量でどこまでできるか……デニスは目を閉じてじっと辺りに感じる気配を探った。

ウェンディにはほとんど魔力がない。だけど人間誰しも人それぞれ自分だけが持つ〝気〟、気配があるのだ。

もっともそれを感知できるのは、デニスのような魔力を有する者だけであるが。

慣れ親しんだ、かつては誰よりも近くに居たウェンディの気配。

（ウェンディの気配に似たものを感知するんだ）

デニスは意識を集中させ、どんな僅かな気配も見逃すまいと辺りに神経を張り巡らせる。

すると小さくて温かな魔力の波動を感じた。同時にウェンディと似た気配だとわかる。

だがしかしそれと同じくらい強く感じるこの魔力は………。

(俺の魔力……?)

デニスはハッとして魔力を感じたベッドの下を覗き込む。そしてやはりそこには小さな子どもが隠されていた。

スヤスヤと寝息が聞こえる事から、どうやら眠らされているようだ。

デニスは手の空いている騎士と二人でベッドを移動させた。

そして小さく蹲り眠るその子どもの姿を見てデニスはハッと息を呑む。

「っ……!」

先ほど感じた魔力のわけを、デニスはその子どもの姿をひと目見て理解した。

デニスは思わずその子どもの母親の名を口にする。

「これは……この子はっ……あぁ……ウェンディ……!」

そして微かに震える手で、眠る子どもを抱き寄せた。

自分と同じ髪色の子ども。

ベイカー子爵家特有のキャメル色の髪と自分と同じ波動の魔力が、その子が己の娘であることを雄弁に物語っていた。

「そうだったのかっ……」

デニスは子どもを、シュシュをぎゅっと抱き締めてその言葉を漏らした。

三年前に別れた恋人の愛し子は、自分との間にできた子であったのだ。

ウェンディは、誰に頼ることもできずに一人で子どもを産んで育てていたのだ。

産まないという選択肢もあっただろう。里子に出すという手もあったはずだ。

けれどもウェンディはそれをせずに、大切に懐に抱いて子どもを守り育ててくれた。

そのことがデニスの胸を締め付ける。そして同時に、どうしようもない愛しさが込み上げてくる。

デニスはスヤスヤと眠るシュシュの寝顔を見てつぶやいた。

「シュシュ……シュシュか……可愛い、可愛い子だ……」

そうしてデニスはしばらくその場を動けずに、ただ今し方存在を知ったばかりの娘を抱きしめていた。

しかしその時、取り押さえられていたコスムカバが連行される一瞬の隙を突いてズボンのポケットに隠し持っていた薬瓶を取り出した。

そしてあろうことかシュシュに向かってその薬瓶の中身をぶちまけてきたのだ。

「っ……!?」

薬瓶から放たれた液体が宙を舞い、その際に液体の独特な臭いを感じる。

（これはっ……魔法薬かっ）

植物や鉱物から生成された薬剤の中には、人体に損傷を与える攻撃魔法薬や、精神に干渉し異常をもたらす呪いが掛けられた違法魔法薬が闇売買されているのは有名な話だ。

デニスも魔法学校在学中に魔法薬学の授業で様々な魔法薬について学んだ。

中でも心身に害を及ぼす魔法薬は実物に近い無害な物を授業用のサンプルとして、色調を見たり臭いを嗅いで覚えたりさせられたのだった。

将来、魔法薬に触れる機会がある時に、それが危険な魔法薬であると見分けられるように。

その時に嗅いだあの独特な、忘れたくても忘れられない異臭がした。

(こんなものを子どもにっ……くそっ!)

デニスは咄嗟に身を捩りシュシュを庇いすぐに防御魔法を展開させるも、無意識にシュシュを身を挺して守ったために魔法での対処が遅れてしまう。

そのため防ぎきれなかった魔法薬の数滴が、デニスの背中にかかった。

「くっ……!」

鋭利な刃物で肌を突き刺されたような、さらに灼けた鉄の棒を押し当てられたような痛みがデニスを襲う。

だがそれに怯むことなく、デニスはシュシュをすっぽりとその体に包み隠し、その上でコスムカバを物理攻撃魔法で吹き飛ばした。

奴にはこの事件のことを洗いざらい自白させねばならないため加減をして殺しはしなか

ったが、吹き飛ばされ壁に打ち付けられた衝撃でコスムカバはぐったりと動かなくなった。おそらく何箇所か骨折をしているだろう。

「この程度で済んで感謝しろ」

デニスは子どもを巻き込んだコスムカバに激しい怒りを抱いた。

デニスが同行した騎士たちと共に王宮へと戻ってきたという知らせを受け、ウェンディは急ぎデニスとシュシュがいるという医務室へと向かった。

その際に身柄を拘束したコスムカバを地下牢へと連行して行く騎士たちとすれ違う。

コスムカバはぐったりとして意識を失っているようだ。

そして医務室の前でデニスの姿を確認し、ウェンディはシュシュを大切そうに抱いているデニスの元へと駆け寄った。

「シュシュっ……！」

最愛の娘はデニスの腕の中でスヤスヤと眠っている。怪我もなく泣いた形跡もない、それを確認してウェンディはとりあえず大きく安堵した。

デニスはシュシュの顔を覗き込むウェンディに言った。

「魔道具を使って眠らされているらしい。異常はないかこのまま医師の診断を受けるよ」

「……ええ、お願いします」

「「……………」」

一瞬の沈黙が二人を包む。

シュシュの寝顔に視線を落としていたデニスがウェンディを見て言った。

ウェンディはデニスの顔を見ることができず、しかし頷いて返事をした。

「ウェンディ……話をしよう」

「ええそうね……話をしましょう」

二人は無言のままシュシュを連れて医務室へと入室した。

幸い、シュシュは睡眠導入魔道具で眠らされているだけらしい。その魔道具は心身に害を及ぼすものではなくむしろ快眠できる健康器具だそうで、じきに目覚めるだろうとの診断であった。

「よかった……」

ウェンディは再び安堵の息をつく。

次に治療を受けたデニスは、「怪我をした後すぐに病院に行って治療を受けていれば治療痕も残らなかったのに」と医師に叱られていた。

医師はぶつぶつと小言を言いながら、治癒魔法を展開させてデニスの背中の怪我を治療する。

治療が終わった途端に、そこに看護師が飛び込んできた。

「先生、急患なのですがお願いできますか」

「え？　あー、はいはい、仕方ないな……」

次の患者を診ることになった医師が、治療痕を保護する貼り薬をウェンディに渡してきた。

「あんた、この人の知り合いだろ？　悪いが背中に貼っといてやってくれ。ベタァと貼るだけでいいから」

とそう告げる。

「え、ちょっと先生っ」

ウェンディは勢いで貼り薬を受け取ってしまい、困惑して呼び止めるも医師はそのままさっさと次の患者の元へと移動していった。

二人の間になんとも気まずい空気が流れる。

ウェンディは小さく嘆息し、デニスに言った。

「とりあえず……貼りましょうか」

「ああ、頼む……」

治療のためにシャツを脱ぎ、上半身が露わになっているデニスの背中に膏薬を貼る。

その広い背中に語りかけるように、ウェンディはデニスに言った。

「娘を、助けてくれて……本当にありがとうございました」

その言葉を聞き、デニスは座っていた医務室の回転椅子でくるりと後ろを向いて、ウェンディと向き合った。

そして穏やかな、でも少し硬い声で言う。

「シュシュは……俺の子だな？」

「……私の子よ」

「ウェンディ、そうではないだろう。間違いなく父親は俺だろう」

「だとしても、別れた時点で貴方には関係ないことだわ。私が勝手に妊娠して私が勝手に産んで私が勝手に育てている子だもの。だから私だけの子よ」

「ウェンディ……」

責められているのではない、それはデニスの声色からもすぐにわかる。

でもここでウェンディは態度を軟化させるわけにはいかなかった。

デニスの、彼に迷惑をかけるだけの存在にはなりたくない。

今の彼の生活を守らなくてはならない。ウェンディは強くそう思っているから。

(貴方が大切にすべきなのはあのクルトという息子と奥様だけなのよ……)

ウェンディは毅然と、そして真摯な気持ちでデニスと向き合う。

デニスに自分の気持ちが伝わればいい、デニスが自分の幸せを一番に考えられるように、そういう気持ちを込めて言葉を紡ぐ。

「シュシュのこと、助けてくれて本当にありがとう。自分の娘と知らなかった貴方が懸命に命を救おうと尽力してくれたこと、私は一生忘れません。本当に、本当にありがとう……」

「ウェンディ……」

「この子のことで貴方に迷惑をかけるつもりはないの。どうかこれまで通り、私たちのことは居ないものとして生きて下さい」

「そんな事はできない。知ってしまった以上、知らないフリをして生きていくなんて俺にはできない」

「デニス……」

悲痛な面持ちでそう告げるデニスにウェンディは困惑した。

何も無かったことにしてそれぞれの人生を生きる……それがベストであることが、デニスにはよくわかっているはずなのに。

それなのになぜ彼はそんなにも食い下がるのだろう。

子どもが欲しい？　いや、彼にはクルトという立派な嫡男がいるではないか。

あの子がいる限り、ベイカー子爵家は安泰なはず。ではどうして……。

だけどどんな理由があったとしても今さらなんだというウェンディの気持ちは変わらない。

ウェンディは静かな声でデニスに言った。

「……今さらよ。私たちはもう終わっているの。貴方が終わらせたのよ」

「……！」

その言葉が、デニスの心を穿てばいい。楔になればいい、とウェンディは願った。

一時の感情に惑わされて、本当に大切なものを失わないためにも。

「そうだ……俺が終わらせた。余命僅かな父のために最後の親孝行として……あの時の選択を悔やんだことはない。だけどウェンディの、キミの手を離したことだけは……今も後悔し続けている」

デニスの迷いのない真剣な眼差しが一心にウェンディへと向けられている。

デニスの言葉がその眼差しが、ウェンディの心を酷く揺さぶった。

「な、何を今さら……何を言っているの……？」

困惑するウェンディの両肩をデニスが摑む。

「聞いてくれ、ウェンディ……」

デニスが何かを告げようとしたその時、軽いノックの音とほぼ同時にドアが開かれた。

王宮の雑用を引き受けるフットマンが顔を出してデニスに向かって言った。

「失礼します。ベイカー卿にお客様です」

「こんな時間にか？」

話の途中で邪魔をされ、非難する声色を滲ませてデニスが言った。

「それが……なんだかお急ぎのようで……ジャスリンが来たと言ってくれればわかるからと強引で……」

「なに、ジャスリン？」

「………」

ジャスリンという名を耳にして、ウェンディはすぐにシュシュを抱き上げた。

「ウェンディ？」

そんなウェンディを見て、デニスは不思議そうに首を傾げる。

「とにかく今日は帰ります。本当にありがとうございました。お礼はまた改めて……」

「待てウェンディ、話はまだ終わってない」

「お客様が見えているのでしょう？　お待たせしては申し訳ないわ。それでなくても残業でもないのに時間を取らせているのに……」

「俺が勝手にやっている事だ。キミが気にする必要はない」

「それでもよ。早くご家族の元に帰ってあげて……ください、ベイカー卿。それでは失礼します」

「ウェンディっ……」

引き留めようとするデニスを振り切ってウェンディはシュシュを抱いて足早に医務室を出た。

フットマンが怪訝そうに二人を見ているがそんなことに構ってはいられなかった。

ジャスリンが、デニスの妻が王宮にやって来た。帰宅の遅い夫を心配してのことだろう。

彼が優先すべきなのは家族なのに。

自分とシュシュはデニスの家族ではない、その事に胸が締め付けられる思いをしながらウェンディは家路を急いだ。

娘のシュシュが誘拐され、デニスにより救出されてから三日間、ウェンディは仕事を休んだ。

シュシュはトラウマになるような恐怖は感じていなかったようだが、念の為に側についていてあげた方がいいと、ウェンディに小さな子どもがいることを知った職場からの配慮であった。

その配慮は正直ウェンディにとってとても有り難いものだ。

託児所も事件の事後処理のため翌日は休みであったし、娘の側で様子を見ていてあげられる。

そして娘が生まれていたことを知り、責任を果たそうとするデニスとの対話を避けられるからだ。

知らない間に勝手に産み落とされていた子どもに対し、父親として責任を取ろうとするデニスは立派だとウェンディも思う。

しかしウェンディとしてはそんなこと少しも望んでいないのだ。

そんなことをして誰が幸せになれるというのか。

ウェンディはデニスがもし責任を取ると言って、認知なり金銭的な援助なり何らかの提案をしてきたとしても全部断るつもりでいる。

シュシュを身籠った時に、デニスとは一切関わりなく生きていくと既に決めてあるのだから。

なんの因果かこうして再会して同じ職場で働くことになってしまったが、その気持ちに変わりはない。

だけど思いがけずシュシュの存在を知られたことにウェンディは動揺を隠しきれなかった。

デニスにシュシュの救出を託す時に覚悟を決めたものの、やはり内心酷く狼狽えている自分がいる。

だからこの休みは自分の心を落ち着かせるのに丁度良かった。

デニスと向き合う前に冷静になれる、シュシュだけでなくウェンディにとっても必要な時間となる。

シュシュはというと、翌日には何事もなかったかのように元気に目覚めた。

あの魔道具が健康器具だというのは本当のようだ。

どうやらシュシュは恐怖を感じる暇もなくすぐに眠らされたため、昨日のことは何も覚えてはいないみたいだ。

シュシュが怖い思いをしていないのならそれで良かった……とウェンディは心から安堵した。

母親が仕事に行かず、ずっと側に居てくれるのでシュシュはとっても嬉しそうだ。

二人で朝寝坊をして自宅アパートでブランチなんてシャレこむ。

食事内容はいつもの朝食にオカズが一品追加されただけのメニューだが、それでも普段では有り得ないゆったりとした時間の使い方がとても贅沢に感じられた。

シュシュもなんだか特別だとわかっているようで、「まま、たのちぃね」と嬉しそうにしている。

休み中、公園に遊びに行ったり図書館に行って絵本を沢山読んであげたり、シュシュ画伯のお絵描きの時間にお付き合いをしたり、普段やってあげたいと思っていることを沢山してあげられた。

その時間を得ることができた経緯を考えると複雑な気持ちにはなるが、有給で（これ大切）ゆっくりと付きっきりで娘の側にいてやれるのは貴重な時間だと思う。

そうして母娘の三日間の休みが明け、いつものようにシュシュを託児所へ連れていくと、託児所の経営者と職員一同に平身低頭で謝罪された。

一連の顚末はデニスから聞かされていたらしい。

きちんと確認をせずにシュシュをコスムカバに引き渡してしまった職員は騎士団でみっちりとお説教をされ、託児所の経営者から課せられた大量の研修を受けて一から勉強のし直しだという。

大いに反省して二度と同じ過ちを繰り返さないよう努力してくれるなら厳罰は望まないと伝えてあったおかげでクビにはならなかったようだ。

そしてウェンディは今後二度とこのようなことが起きないよう、職員全員に再指導を行いコンプライアンスを……と、経営者の長い謝罪を聞いていて遅刻しそうになった。

なんとかギリギリで王宮に着き、ウェンディが自分のデスクに行くとデニスがオフィスから出て来た。

ウェンディが出仕するのを待っていたようだ。

「おはよう。……シュシュは……大丈夫だったか？」

「おはようございます。おかげさまで娘はいつもと変わりない様子で目を覚ましました。食欲もあり元気で、今朝も託児所に着くなり嬉しそうにお友達の元へと駆けて行きましたから」

「そうか、それは良かった……」

「ええ……この度は本当にありがとうございました」

「これからのことについて話がしたいのだが」

来た……！　ウェンディはそう思った。

思わず身構えそうになるが、あくまでもさらりと返すように心掛ける。

「今後のこと？　はて？　何をお話しすることがありますかしら」

「ウェンディ、わかっているだろう」

「ちっともわかりませんが？」

「ウェンディ、シュシュのためだ」

「……そんな話、職場でしないでください」

ウェンディは話を切り上げたくて強く拒絶の意思を示す。

「……また改めてきちんと話をしよう」

始業時間が差し迫っていたこともあり、デニスもそれ以上は何も言わずに自身のオフィスへと入って行った。

しかしウェンディは『改めて』も『きちんと』も、デニスと話をするつもりはなかった。

こちらとしては今まで通りいないものと思って存在を忘れてくれという意思は伝えてあるのだ。

責任という名の関係なんて求めていないウェンディにはこれ以上デニスと話すことなどない。

なのでウェンディはデニスを避けて避けて避けまくった。

丁度デニスが抱える仕事が忙しくなり、忙殺される彼から声を掛けられそうな僅かな時間にはさらりと姿を消したりしてやり過ごした。

「ウェンディ、きちんと話し合いの場を持とう」

そう言ってウェンディの隙を見つけては接触してくる。

「業務時間中にする話じゃないでしょ」

「業務時間中に話し掛けないとすぐに逃げ帰るだろう」

「（ぎくぅ）逃げてるんじゃないわ、子どものお迎えがあるから急ぐだけよ」

「でもランチタイムも逃げてるだろう」

「（どきぃ）そりゃランチタイムはお昼ごはんを食べなきゃ」

「頼むウェンディ。キミとシュシュのことを、このまま見て見ぬふりなんてできないんだ」

「私がそうして欲しいと頼んでいるのに？」

「ウェンディ……」

「あ、向こうで他部署の文官が貴方のことを呼んでるわよ」

とかなんとか言って、ウェンディはその度になんとか話し合いを避けようと逃げの一手を打ち続ける。が、そろそろそれも苦しくなってきた。

さすがにもうこれ以上逃げ続けてもいられない。もう一度最後に腹を括って話し合いの場を持つしかないか……と思い始めたとき、再びジャスリンがウェンディに会いに来た。

「酷いわウェンディさんっ……デニスには近付かないと約束してくれたのにっ……！」

顔を見るなり泣きそうな顔で文句を言って来るジャスリンに、思わずウェンディの方が泣きたくなる。

「私だってなんとかベイカー卿を避けようと努力しているんです。でも子どものこともあるからかなかなか彼が引いてくれなくて……」

「まぁ！　子どもを盾に取るなんて卑怯ですわっ」

「子どもを盾に取られているのは私の方のような気がするんですけど」

「もういっそのこと王宮の仕事をお辞めになったらいいのではなくてっ？」

「……」

それはもちろんウェンディも考えていた。だけどシュシュが拐かされるという大変な事件があったせいで、すっかり忘れてしまっていたのだ。

「……この状況を終わらせるために、ベイカー卿ともう一度だけきちんと話をしようと思っているのですが」

「ダメよ！　貴女は信用できませんわ！　そんなこと言って、あわよくば彼とヨリを戻そうと考えているのでしょうっ？」

取り付く島もないジャスリンの様子にウェンディは困り果ててしまう。

じゃあ一体どうすればいいのだ。

そんなウェンディにジャスリンが言う。

「ねぇ貴女、いっそのこと結婚すればいいのよ」

「えっ……結婚、ですか……？」

「そうよ。貴女が結婚して身を固めれば、デニスも肩の荷が下りて何も言わなくなるんじゃないかしら。いるんでしょ？　そういう男性の一人や二人くらい。さっさとプロポーズをお受けなさいな」

なんとまぁタイムリーな話なのだろう。

まさかこんな短期間に立て続けに結婚を求められる事態になるとは。

それもいとも簡単に、すぐにでも結婚できるかのように言われるなんて。

しかもまるでウェンディがつい最近プロポーズされたことを知っているかのような口ぶりで。

まぁ単なる偶然だろうけど。

その後もジャスリンに散々結婚を勧められて、ウェンディはようやく彼女から解放された。

「はぁ……本当にもう勘弁してもらいたい……」

こんなことばかり繰り返していたら心が疲弊する。

いくら心身共に頑健なのが自慢のウェンディでも、これでは身も心も摩耗して疲れ果ててしまう。

「もう、こうなったら逆に一日でも早く決着をつけなくては……！」

逃げまわった自分も悪いのだ。逃げて躱して自然消滅を図った事なかれ主義の自分の選択ミスというわけだ。

そして次の日――。

「ウェンディ、話がしたい」

「……わかったわ」

ジャスリンには申し訳ないが、これを最後にする覚悟でウェンディはデニスとの話し合いに応じた。

「……ありがとう……！」

ようやくウェンディが話し合いに応じて、デニスは安堵の表情を浮かべて礼を言ってきた。

(お礼を言うなんて……ホントにお人好しなんだから……)

でも、そんなところも好きなんだなぁと感じてしまう自分に呆れてしまう。

そしてその日のランチタイムに、デニスのオフィスでウェンディは話し合いの席に着いた。

するとデニスは居住まいを正してからふいに頭を下げた。

「まずはキミに、一人で出産や育児の労を負わせたことを謝りたい。俺の子でもあるというのに、父親としての義務を何ひとつ果たして来ず……本当に、すまなかった……！」

まさかこんな謝罪を受けるとは思っていなかったウェンディは、目の前の彼の後頭部をしげしげと見つめ、そして後頭部に語りかける。

「避妊薬を間違えて妊娠したのは私の落ち度だし、貴方は何も知らなかったんだから仕方ないわよ。出産も育児も自分がそうしたくてやったこと。それに貴方には関係ないことなんだからもう気にしないで。というか、私は後頭部と話をしに来たんじゃないんだからいい加減頭を上げてよ」

ウェンディがそう言うとデニスはゆっくりと頭を上げて、ウェンディの方へと顔を向けた。

そして娘と同じ新緑の瞳がウェンディを捉える。

「キミが一人で……どれだけ大変だっただろうかと思うと、胸が苦しくなる」

「……」

「ただでさえ初産は不安だと聞く。それなのに、俺はキミの側にはいなかった」

やめて。

「産後の一番誰かの助けが必要だった時も、支えてあげられなかった」

やめてよ。

「きっと子どもが初めて熱を出した時も……」

「もうやめてっ!!」

ウェンディはデニスの声を叩き落とすように言葉を被せた。

そして表情をくしゃっと歪めて言う。

「……今さらなんだっていうのっ……？　もう全部過ぎたことだし貴方には関係ないことだと言ってるじゃないっ……！　それなのにどうしてそんなことを言うのっ？」

「そうだな、今さらだ……。でも俺は……たとえ過去は取り返せなくてもこれから先、キミとシュシュの人生に関わっていきたいとそう心から望んでいる」

「勝手なことをっ!!」

ウェンディは思わず叫んでしまっていた。

だって、デニスの言葉はあまりにも身勝手で彼の家族に対して不誠実なものだから。

なのにデニスはその意志を曲げることなく一心にウェンディを見つめ、訴えてくる。

「勝手は百も承知だ。三年前、一方的に別れを告げておいて子どもがいるとわかった途端に責任を取りたいだなんて、本当に自分勝手な馬鹿野郎だということもわかっているんだっ……」

「そうよ！　本当に大馬鹿野郎よっ！」

「それでもっ、それでも俺はっ……ウェンディとシュシュに償いたい！　そしてこの俺の手で幸せにしたいんだ！」

「それを馬鹿野郎だと言っているの！　そんなことをして貴方の家族はどんな思いをすると思っているのっ？　貴方はシュシュの存在を正直に打ち明けて罪悪感が軽くなったのかもしれないけど、それを聞かされて貴方を失うかもしれないと怯えているジャスリンさんの気持ちを少しは考えてあげたらどうなのっ!?」

大声を張り上げてそう告げて、ウェンディは肩で息をした。

途端にデニスは沈黙し、室内に静けさが訪れる。

たっぷりの間を開け、ウェンディの息がようやく調ってきた頃、デニスが首を傾げながらぽつりと尋ねてきた。

「……ジャスリン……？　なぜここで彼女の名が出てくる？」

その言い様にさらに頭にきたウェンディがまた声を荒らげた。

「はぁっ!?　なぜも何もっ！　この問題に貴方の奥様の名が挙がるのは当たり前でしょっ!?　当事者の一人なんだからっ!!」

ウェンディがそう言うと、再び室内に沈黙が広がる。

「奥様……？　誰のだ」

「貴方の奥様に決まっているじゃない！　ジャスリン・ベイカー子爵夫人よ！」

「……ちょっと待て？　ジャスリン・ベイカー子爵夫人なんてこの世には存在しない。ジャスリン・ラナス……離婚して元ディビス子爵夫人となった、ジャスリン・ラナスなら知っているのだが。というかなぜ、キミがジャスリン・ラナスを知っているんだ？」

「…………は？　……え？」

「確かにジャスリン・ラナスは兄の元婚約者だった人で、三年前に俺が兄の代わりに彼女と結婚すると決まったんだったが……。ウェンディ……ひとつ、重要な事を言わせてもらうとだな、」

「な、なに？」

「俺はずっと未婚で独身だ。結婚歴は一度もない」

「……え？」

「三年前、事情がガラリと変わってジャスリン・ラナスと結婚しなかった。いや、やめたんだ」

「は……？　…………はぁっ!?」

デニスから飛び出した衝撃の発言に、ウェンディは思わずソファーから立ち上がり、驚愕の表情を浮かべて目の前の男を見る。

そしてデニスはウェンディを見上げ、こう告げた。

「……聞いてほしい。三年前、俺がなぜ今の生き方を選んだのかを」

「三年前……」

手のひらにじわりと滲んだ汗を、ウェンディは握りしめた。

第五章　デニスの過去と衝撃の事実

三年前兄が急逝し、その上父に余命幾許もない病が見つかったのがベイカー子爵家の不幸の始まりであった。

死んだ兄の代わりに家督を継ぎ、兄の婚約者だった隣領の令嬢と婚姻して姻戚にならねば、数年前の災害で負った膨大な借金は返せない。

それは婚姻を条件に無担保で貸付をしてもらう約束になっていたから。

建国以来続く由緒正しきベイカー家と縁戚となることが、新興貴族であったラナス子爵の狙いであったからだ。

よってこの融資を条件とした婚約が結ばれた。

兄が急逝したからとこの縁談が破談となれば、ベイカー子爵家は領地領民、そして貴族としての名誉までもが失われてしまう。

本心を言うならば、デニス自身はそこまで家門の存続や権威の維持に必死なわけではない。

だがしかし己の人生を家と領地領民のために捧げてきた父に、最期に嫡男を亡くし領地まで失うという失望を味わわせたくはなかった。

せめて最期は心穏やかに、それがデニスに出来る最後の親孝行だと思ったから……。

だから、だから身を切る思いで最愛の人と、ウェンディと別れたのだ。

もうそれしかないと思ったから。

ウェンディ自身の幸せを守るためにもそれしかないと、そう思ったから。

もし、無理やり兄の婚約者との婚約を解消してウェンディを妻に迎えたとして、彼女が嫁いだ先は膨大な借金と婚約不履行の違約金が加算された斜陽貴族という家である。

美しく優しく祐筆としての才能もあるウェンディ。彼女にそんな苦労を強いる結婚を乞えるはずがない。彼女には穏やかで幸せな人生こそ似合うのだ。その時のデニスはそれを信じて疑わなかった。

こんな不良物件ではなく、ウェンディにはもっと相応しい男がいる……そう思い、身を切る思いで彼女に別れを告げたのだった。

だがその後、ベイカー子爵家にとんでもないことが起きた。

兄が死に父の病が見つかり最愛の人の手を離した。もうこれ以上何も起こり得ないだろう、いや起こってたまるかとそう思っていたというのに……。

子爵家が抱える多額の借金とは別に、個人的な負債と隠し子の発覚。どちらも兄が遺したものだった。

その隠し子は兄がたまたま知り合い、深い関係になった寡婦との間に生まれた子だという。

その子の母親が事故で亡くなり、父やデニスに秘密裏に認知していた兄、つまり父親の親族が引き取るべきだと役所が連れて来たのだ。

そして借金はこれも兄が秘密で通っていた賭博場でこさえたものらしい。

「なんてことだ……」

デニスは片手で額を押さえながら二歳になる兄の遺児を見た。

兄や自分と同じ明るいキャメルブラウンの髪色。

ベイカー子爵家特有の髪色だ。

兄や亡き母にとても面差しが似ている。デニスは無垢な瞳を一心にこちらに向けてくるクルトという名の甥を見て思った。

そうだ。この子にはなんの罪もない。

そしてこの子は母親の出自はともかくベイカー子爵家嫡男の息子だ。将来ベイカーの全てを受け継ぐべき子なのだ。

デニスは兄の忘れ形見であるクルトに向かって言った。

「……お前にベイカーの全てをやろう。とは言ってももはや負債金額は婚姻を結んでもどうにか出来るものではないから、領地や財産を全て売却せざるを得ないが……それにお前がいるなら、後継の為に無理に結婚する必要もないわけだ」

デニスは心を決めた。

どうせもう領地を守ることが出来ないのであれば、隣領の令嬢との婚約は解消して貰おう。

相手側もみすみす博打による借金のある家に嫁がせたくはないだろう。

そして案の定、婚約はすんなりと解消となった。

なんとか守りたかった領地領民だが、多額の負債を抱えた領主よりももっと真っ当な家門に治めてもらう方がいいに決まっている。

ベイカー子爵という、名ばかりの爵位が残るだけとなるが仕方ない。

それに……それに、ウェンディ以外の女性と結ばれるなんて、本当はとても嫌だったから。

だからといって……隣領の令嬢、ジャスリン・ラナスとの婚姻をやめたからと、今さらウェンディの手は取れない。取る資格がない。

自分から離したのだ。どうして今さら結婚が無くなったからもう一度、と望めようか。

それなら一生独身でいい。

領地と保有財産、屋敷や家財道具を全て売り払い、それを全額負債に当て一気に完済した。

学友だった第二王子の口利きで名家に適正な価格で領地を買い上げてもらえたのが僥倖だった。

そしてそれらを全て見届けて、父は眠るように人生の幕を閉じた。

残された家族はクルトという幼い甥と乳母のドゥーサのみ。

これも第二王子のおかげで王宮の文官としての職を得ることができ、デニスはクルトとドゥーサを連れて王都へと移住した。

役職に就いている王宮文官の給料はなかなかに良い。

加えて次の異動は第二王子の側近に迎えられるらしく、徐々にそちらの仕事も振り分けられているので特別手当も出る。

おかげで領地にいた頃よりも安定した暮らしを手に入れることができたのだった。

こうやってこのまま一生誰と添う事もなく、甥の成長を見守って生きてゆくのだと思っていたのに……。

しかしそこに彼女が、ウェンディが現れたのだ。

あの頃から変わらず彼女だけを愛し続けているデニスの前に。

「はじめましてベイカー卿、今日からよろしくお願いします」

「……よろしく」

幼い頃から貴族たるもの感情を表に出し過ぎてはいけないと教えられてきたデニスは、

ここでもそれを遺憾なく発揮し、端的にそう告げた。

しかし心の中は――。

（ウ、ウ、ウ、ウェンディっ⁉　なぜ彼女がここにっ⁉　え？　王宮文官に？　え？　前の役所は？）

混乱波乱大錯乱である。

とりあえずなんとか落ち着きを取り戻したい、そう思ったデニスは他の部下を呼びウェンディへの仕事の諸々の説明を任せた。

その後もチラチラと彼女を目で追う。

当たり前だが三年前よりずっと大人びて、そして綺麗になっていた。

だが少し痩せたか？

なぜウェンディがここに来たのか……偶然か必然か。思えばその日デニスは相当錯乱していたのだろう、終業後に部屋に引き込むという暴挙に出てしまった。

普通ならこんな事は絶対にしない。デニスはどちらかというと冷静で堅実な男だ。その時々で最良と思える選択をしてきた。

……ウェンディに関する事以外では。

しかしデニスはどうしても確かめたかったのだ。この再会が偶然なのか必然なのか。

もし、もし、必然なのであれば……。

「もちろん偶然です。もう二度と会いたくもないと思っていたのに。そんな風に思われるのは心外です」

偶然、もう二度と会いたくないと思っていた、心外、その言葉たちがデニスに現実を突きつける。

当たり前だ。繋いでいた手を離したのは自分なのだから。

それに傷つく資格はない。

だからせめて、同じ職場の上司として彼女を見守りたいと思ったのだ。

そしてそんな時にふいにもたらされた事実。

ウェンディが自分との間に出来た子どもを産み、一人で育てていたという事実。

シュシュと名付けられたその女の子の凡その年齢と、ベイカー子爵家のキャメル色の髪色がその事実を裏付ける。

一方的に別れを告げた男の血を受け継ぐ子を、大切に産み育ててくれていた事を知った。

自分にはそれを喜ぶ資格がないと蓋をしていた気持ちが、愛しくてたまらないという気持ちが蓋をこじ開けて溢れ出た。

そして思いがけずその存在を知った血を分けた娘。

スヤスヤと眠る姿が本当に愛らしくて。途端に愛しさが込み上げ、デニスの心を大きく揺さぶった。

父親面をしたいけどしたいわけではない。一緒に暮らしたいけど暮らしたいわけではない。

自分にはそれを求める資格がないから。

でもせめて、せめて子どもに対して責任という繫がりを得たいと、ウェンディと繫がれる絆を得たいと思ったのだ。

デニスはその想いの全てを、ウェンディに吐露したのであった。

デニスから怒涛の情報が開示され、ウェンディの頭の中は混乱を極めていた。

てっきり結婚していると思っていたデニスは未婚だった。

そして違和感を感じながらもデニスの息子だと思っていたクルトは彼の兄の忘れ形見、甥であったのだ。

それになんと、あのジャスリンはデニスの妻でもなんでもないというではないか！

その驚愕の事実を知り、ウェンディは酷く狼狽える。

デニスはそんなウェンディを見ながら苦しそうな表情を浮かべた。

「三年前のキミへの仕打ちを今さら許して貰おうなんて、そんな都合のいいことを考えてる訳じゃないんだ……」

「……仕打ちだなんてそんな大袈裟な。事情があって別れた、それだけのことじゃない。どこにでもよくある話よ」

「でも俺はずっと後悔し続けてきた。そして子どもの存在を知り、その悔恨はさらに深くなった」

「…………」

思いがけない過去を知り、さらに彼の心情を知り、ウェンディの頭の中は大混乱を極めた。

「キミとシュシュちゃんに関わって手助けすることを、許してもらえないだろうか」

「そんな……急に言われても……」

今はまだ、明かされた事実をどう受け止めていいのかわからない。

デニスは結婚したものとして、母娘で生きてきたのだ。急に結論など出せない。

デニスもウェンディが精神的な余裕がなくなっているのを察し、それ以上は何も言わないでいてくれた。

「ジャスリンがなぜキミに接触を図ってきたのかは容易に想像がつく。それに今、少し調べていることがあるんだ。それも踏まえて改めて話をしよう」

とそう言って、その日は解散した。

その日の夜、シュシュの添い寝で共にベッドに入り、柔らかなキャメルブラウンの髪を撫でる。

母親の優しい手に頭を撫でられて気持ちがよいのだろう、シュシュはすぐにウトウトとし始めた。

髪色より少しだけ濃い色合いのまつ毛が縁どる瞼がゆっくりトロリトロリと上下する。

やがて瞼が閉じたままになると小さな寝息が聞こえてきた。

母と娘、二人だけの安らかな時間。

家の、家族の事情に振り回され続け、我が子とのこんな幸せな時間を知らないデニスが憐れに感じた。

（でも……それでも……デニスを信じていいのかわからない……）

シュシュの規則的な寝息と子ども特有の温かな体温を感じているうちに、いつしかウェンディも深い眠りに落ちていた。

次の日、デニスはウェンディに尋ねてきた。

「明日の休日、何か予定は有るのだろうか？」

「いいえ、娘を図書館に連れて行こうと考えていたくらいで特には」

「良かった。……一連の騒ぎに決着を付けたいと思うんだが、昼過ぎに中央広場の噴水の所で待ち合わせでもいいかな？」

中央広場なら図書館の東側の出入り口に面しているのでちょうどいい。そう思ったウェンディは頷いた。

「わかったわ。でも一連の騒ぎに決着って……どういうこと？」

「明日、俺と一緒にいればわかるよ。でもそうだな、子どもの情操教育によろしくないとは思うんだ。少しの間だけシュシュはどこかに預けた方がいいかもしれない。良かったら我が家の乳母に……」

ウェンディは少し考えてデニスの申し出を断った。

「それなら、図書館を利用する親のために有料だけど子どもを預かってくれる保育ルームがあるの。そこにシュシュを預けるわ。でも長くても二時間までなんだけど」

「よし。二時間で終わらせよう」

「……デニス、貴方一体何をするつもり？」

「明日、すべてわかるよ」

デニスはウェンディにそう言うだけに止めた。

そうして次の日、ウェンディは午前中は図書館でシュシュに絵本を沢山読んでやり、その後は保育ルームにシュシュを預けてデニスの元へと向かう。

待ち合わせの中央広場の噴水にはすでにデニスの姿があった。

昔、恋人だった頃はこうやってよくデートのために待ち合わせをしたものだ……。

噴水の前に立ってウェンディを待つデニスの姿が、その時の記憶を呼び覚ます。

複雑な思いを抱えながらデニスの側へと歩いて行くと、ウェンディに気付いたデニスが眩しそうに目を細めた。

彼は今、何を感じたのだろう。

彼にも今、遠く懐かしい記憶が蘇っているのだろうか。

三年……言葉にすると短いが、自分たちの中ではそれ以上の時間の流れを感じた。

だけどウェンディはここへ感傷に浸りに来たわけではない。

先日の話の流れからジャスリンに関することだと推測される。

だから真実を知りたくてここに来たのだ。

ウェンディが気を引き締めていると、デニスの方から声をかけてきた。

「やあウェンディ。相変わらず時間に正確だな」

「こんにちはデニス。貴方も待ち合わせ時間より随分前にいるのは変わらないみたいね」

「昔も今も変わらないさ。早くキミに会いたくて、待ちきれなくて家を出るんだ」

再会してから初めてそんな甘い言葉を耳にして、ウェンディの心臓が大きく跳ね上がる。

これはきっと待ち合わせマジックだ。かつてデートした頃の記憶が重なった一時のまやかしに違いない。

ウェンディは自分にそう言い聞かせて、敢えて抑揚のない声でデニスに返した。

「今日は遊びにきたわけじゃないんだからね。さっさと用事を終わらせましょう。……それで？　どこに行くの？」

ウェンディのその言葉にデニスは小さく肩を竦める。

「これは手厳しいな。わかってる、こっちだよ」

そう言ってデニスはウェンディの手を引いて歩き出した。

「え、ちょっと……」

昔と変わらない大きくて硬い、そして温かな手がウェンディの手を包み込む。

最近は娘と手を繋ぎ、その小さな手を包み込む方だったウェンディはただ黙って自分の手を見つめた。

やがてデニスはウェンディを連れて、中央広場から路地を二、三本抜けた一角へとやって来た。

「ここは？」

ウェンディは目の前にある建物を見た。

一階部分がカフェで、二階からはオフィスや店舗が入る建物だ。

「デニス、なぜここに……?」

まったく要領を得ないウェンディがデニスに尋ねると、彼はウェンディの手を引いてカフェの店内がよく見える位置に移動してこう答えた。

「今にわかる」

「……?」

ウェンディが小首を傾げると、デニスがカフェの方へと目線を向けて言った。

「ほら出てきたぞ」

「え?」

ウェンディもデニスの視線を辿ってカフェの出入り口を見る。

するとそこには親密な距離で腕を絡ませカフェから出てくるジャスリン・ラナスとそして――。

「ノルダム……?」

ウェンディにプロポーズをした幼馴染のノルダムの姿があった。

デニスは落ち着いた様子でウェンディを連れて死角から進み出て、ジャスリンとノルダムに声を掛けた。

「やあ、せっかくのデートの邪魔をして悪いな。お前たちにいろいろと聞きたいことがあってな」

「あ？　なんだって？」

デニスの声に不機嫌そうな声で答えたノルダムだったが、ウェンディの姿に気づくと明らかに狼狽えた。

「えっ⁉　ウェンディっ⁉　なぜここにっ？」

ノルダムに腕を絡ませていたジャスリンも驚きに満ちた目をデニスに向けた。

「デ、デニス様っ……!!」

カフェを出てすぐに突然声を掛けてきた相手がデニスとウェンディだと気付いた二人は、わかりやすく狼狽えている。

それはウェンディも同様で、なぜまったく無関係だと思われる二人が共にいるのか訳がわからず戸惑いを隠しきれない。

「こ、これは一体……？　え？　どうしてノルとジャスリンさんが……？」

カフェから腕を絡ませ仲良く出てきたところを見ると、二人が既知の間柄であることは理解できる。

それもただならぬ関係の……。

しかしまさかこの二人が知り合いであるなどとまったく想像もしなかったウェンディはノルダムに尋ねた。

「ノル……ジャスリンさんと知り合いなの？」

「いやっ……その、ウェンディっ……これは、そのっ……」

こちらにも伝わってくるほどノルダムが酷く動揺しているのがわかる。

しどろもどろのノルダムはウェンディの質問に答えられないでいた。

それに答えたのはデニスである。

「調べたところによると、この二人は随分前から恋人関係にあったようだ」

「こ、恋人っ？」

ウェンディが大きく見開いた目でノルダムとジャスリンを見ると、二人は気まずそうに目を逸らす。

(先日見かけたオシャレな女性はジャスリンさんだったのね！)

デニスは二人を一瞥し、ウェンディに説明を続ける。

「キミに俺の妻だと偽ったジャスリン・ラナスは子爵夫人としての務めを果たさず、遊び呆けた挙げ句、財産にまで手をつけた理由で離縁された。そして離婚後、彼女は複数の恋人をつくった。そのうちの一人がこのノルダムという男というわけだ」

「ノル、本当なの？　あなたジャスリンさんと付き合っているの？」

「つ、付き合っているというかその……」

「そしてジャスリン元ディビス子爵夫人は離縁された後、再び貴族の妻に返り咲きたくて、かつて婚約者だった俺がまだ独り身なのを知り、縁談を持ちかけてきたんだ」

「え、縁談……」

ウェンディはもう、何がなんだかわけがわからなかった。

「ジャスリン、お前の婚約者が亡くなった。それで新たにその弟がベイカー子爵家の次期当主と決まり、お前との婚約が結び直されることになる」

「そうですか」

三年前、自身の婚約者の死を聞かされてもジャスリンには何の感情も湧かなかった。

ただ「ふーん」と思っただけである。

婚約者といえども相手はわりと年上で、一年前の婚約式の時に顔を合わせただけで会いに来てくれることもなかったし、こちらから会いに行くこともなかったから尚更である。

誕生日にはプレゼントが届きはしたが、明らかに家令が書いただろうお堅い言葉が連ねられたメッセージカードが添えられていただけで、何の有り難みも感じなかった。

その婚約者がもうそろそろ結婚式の日取りでも決めようか……という段階で亡くなったのだ。

だから訃報を知らされても、その弟が婚約者となったと聞かされても、ジャスリンにはどうでもいいことであった。

どうせ貴族の娘は自分で結婚相手は選べない。父が決めた相手に嫁ぐだけなのだから相手が誰だろうとどうなろうと一切興味はなかったのである。

しかし新たに婚約者となったデニス・ベイカー子爵令息と婚約式の前の顔合わせで初めて対面した時、ジャスリンは喜んだ。

デニスが長身で見目の良い青年だったからだ。

前の婚約者……兄の方は線の細いナヨナヨしたナルシスト系で、どちらかと言えば逞しい男性を好むジャスリンとしては、まったくタイプではなかった。デニスはそこまでがっしりした体つきをしているわけではないが、高身長でとにかく顔が良い。どうせ結婚するなら見映えのする男性に越したことはないと、婚約者がすげ替えられた事をジャスリンは喜んだ。

（借金がある家だっていうけど私が嫁ぐことで我が家からの援助を受けられて立て直すことができるそうじゃない？　だから金銭的な問題も無さそうだし、逆に私のおかげで借金が片付くんだから婚家で大きな顔ができそうだわ。ふふふっ。私ったらなんてラッキーなのかしら！）

とまで思ってしまったのがいけなかったのだろうか。

婚約式を前にして、ベイカー子爵家との縁談は完全に破談となってしまったのだった。

「え、なぜ？　どうして？」

それを知らされ、寝耳に水であったジャスリンが父に訊くと、ベイカー子爵家の亡くなった嫡男がつくった更なる借金と隠し子の存在が明らかになったというのだ。

借金の額はジャスリンの家から援助しても返しきれるものではなく、ベイカー家は領地を手放すことになったそうだ。

ジャスリンの父としても、建国以来の名家であるベイカー子爵家と縁戚となることに拘りがあったとはいえ、負債だらけの家に、しかも領地を持たない家に娘を嫁がせる利点は一切見出せなかった。

それに父は最近、事業が成功し躍進目覚ましい別の子爵家と縁付く方が良いと思い始めていたらしい。

なのでこのベイカー家からの破談の申し込みに一も二もなく応じたとの事であった。

ジャスリンもデニスが好みの男性であったとしても、借金がある上、既に甥っ子というコブ付きの男に嫁ぐのはまっぴらご免だ。

なので破談になってくれて良かったと思った。

そうしてジャスリンは羽振りのよいディビス子爵と結婚したのである。

だがこのディビス子爵という男はジャスリンにとって最高につまらない夫だった。

何が楽しいのか仕事、仕事、とにかく仕事に明け暮れる毎日。

そしてたまに家にいると思ったら趣味の模型作りに没頭して部屋から一歩も出て来ない。夜の夫婦生活も淡白過ぎて、次第にジャスリンは夫以外の男に目を向けるようになっていったのだった。

まだディビス子爵家の後継を産んでいないため、公に愛人を作ることはできない。

だからジャスリンは密かに複数人の友人を作り、彼らの都合のつく時に逢瀬を繰り返し遊んだ。

しかしそれも長くは続かない。

複数の男たちに体を許していることが夫であるディビス子爵にバレたのだ。

外出の多い妻に不審感を抱いたディビス子爵が人を使って調べさせ、露見したジャスリンの不貞。

当然ディビス子爵は怒り、ジャスリンは離縁されて実家に戻された。

金の切れ目が縁の切れ目を体現するように友人たちも次々にジャスリンの元を去って行く。

ジャスリンに残されたのはバツの付いた戸籍を持つ女、という事実だけであった。

友人の一人であったノルダム・オールトンだけは離縁後も割り切った関係を続けてくれたが。

だけどジャスリンは生まれついての貴族の女である。

いずれ父がこの世を去れば貴族の娘でもなんでもなくなってしまう。

父の跡を継ぐ兄や兄嫁との仲は最悪であった。従ってこのままでは平民落ちしてしまう未来しかない。

誰か、再婚相手に丁度よい貴族男性はいないものか……そうジャスリンが思案していると、偶然にも王宮近くのバーで文官たちの会話を耳にした。

それはかつての婚約者であったデニス・ベイカーについてのものであった。

なんでも、デニス・ベイカーはジャスリンとの婚約が解消となった後、領地や家財を全て整理したことにより借金を完済。

旧友である第二王子の覚えめでたく、そして今は王宮勤めをして、なんとまだ独身であるというのだ。

(不良物件からまさかの優良物件に転身！　やっぱり私には彼しかいないわ！)

どういう理屈かはわからないが、ジャスリンはかつて婚約を結んだのだからまたデニスと新たに婚約を結び直せるとそう考えたのだった。

そして無駄に行動力のあるジャスリンはその話をしている文官たちと懇意になり、頼み込んでデニスをそのバーに連れて来て貰った。

まさか王都のバーでかつての婚約者と再会するなんて思いもしていなかったデニスはかなり驚いた顔をしていたが、ジャスリンはそんなことお構いなしに猛アタック猛アプローチをデニスに仕掛けた。

出仕帰りのデニスを待ち伏せして、帰り道について歩いたこともある。

だけど結果はいずれも惨敗。デニスは誰とも結婚するつもりはないと言い、ジャスリンはフラれ続けた。

だけど彼女は諦めきれなかった。

どうしても貴族の妻として返り咲きたい。そしてそれは前の夫よりもハイグレードな男でなくてはならない。

夜会などで顔を合わせた時に、元夫を悔しがらせてやりたいからだ。

自分は離婚したおかげでお前よりももっと良い男と結婚できたのだぞ、と思い知らせてやりたい。

そしてそれにはデニス・ベイカーがおあつらえ向きなのだ。

だから絶対にデニスを諦めない。何としても彼と結婚してみせる！

そう思っていたのに、ある時からデニスの様子がおかしくなった。

帰宅途中で待ち伏せして絡んでもどこか上の空。

男女の色恋沙汰には無駄に勘の良いジャスリンはすぐにピンときたのだ。これは女絡みであると。デニスの向こうに女の影を感じると。

そこでジャスリンは恋人であるノルダムに金を渡してデニスの身辺を調べさせた。

いたからだ。

ノルダムが雑用係として勤めていた酒場の伝手で調査業者の人間と知り合いだと聞いて

そして調べてもらった結果、案の定デニスが最近かつての恋人だった女と再会したことを知った。

しかもその女はちゃっかりデニス・ベイカーの子を産み育てているというではないか！

これはまずい。このままではデニスを奪われると思ったジャスリンは策を講じることにしたのであった。

なんという偶然か、デニスのかつての恋人であるウェンディ・オウルとかいう女はノルダムの幼馴染だというのだ。

だからジャスリンはそれを利用することにした。

ノルダムの前に札束を置き、ウェンディ・オウルという女を誘惑しろと指示をする。

ノルダムは最初は乗り気ではなかったが、客に暴力を振るったことが原因で仕事をクビになったばかりで金が無く、仕方なく渋々引き受けた様子であった。

その上でジャスリン自身もウェンディに揺さぶりをかけるために動く。

待ち伏せしてデニスに近づくなと釘を刺そうとしたら、ウェンディ・オウルは勝手にジャスリンをデニスの妻だと勘違いしたのだ。

ジャスリンはその勘違いに乗っかり、夫を奪われまいとする健気な妻を演じることにしった。

結果は大成功。ジャスリンの嘘を信じたウェンディがデニスと距離を置くと言ったのだった。

そしてノルダムの方は子ども絡みで良好な関係を築けているという。

ノルダムも悪い気はしていないらしく、鼻の下を伸ばしながら既にプロポーズもしたと聞き、恋人を取られたようで腹立たしかったが、お互い違う相手と結婚しても関係を続ければいいだけの話だ……と、ジャスリンは思い直した。

その上でジャスリンは、トドメを刺さんばかりにわざわざウェンディにもプロポーズを受けるように促したのだった。

全てが順調、全てがもうすぐ旨くいく、そのはずだったのに……。

どうしてここに、デート中のカフェの前にデニスとウェンディ・オウルがいるのか。

ノルダムと密着してカフェから出て来た現場を押さえられてしまった。

これではせっかくの計画が全て無駄になってしまう。

どうしよう、何か誤魔化せる理由を……言い逃れる方法を考えなければ……！

恋人関係にあるジャスリン・ラナスに金をチラつかされて仕方なく引き受けた、かつての幼馴染を誘惑するという仕事。

ノルダムはウェンディと接点を持つべく彼女を尾行して、ギルドで偶然を装って再会を果たした。

「……ウェンディ……？」

「え……？」

十数年ぶりに間近に見る幼馴染は美しい大人の女性に変貌を遂げていて、ノルダムは俄然やる気が出た。

本来ならノルダムはジャスリンのような奔放で軽い女が扱いやすくて好きだ。

逆にウェンディのような身持ちが堅く、真面目で正論を口にする女は苦手であった。

だがウェンディの昔と変わらない気さくで懐深い性格に、次第に昔に戻ったような懐かしさを感じていった。

女一人で懸命に子どもを育てているウェンディ。

彼女が恋人だったデニス・ベイカーと別れることになった経緯はジャスリンの話と合わ

せておおよそのことは見当がつく。

それでもウェンディは誰に頼ることもなく誰を恨むこともなく、精一杯の愛情を娘に注いでいた。

そんなウェンディを支えてやりたいと、これが奸計であることを忘れてノルダムはいつしかウェンディに特別な想いを感じるようになっていたのだ。

決め手は風邪を引いて寝込んでいた時、ウェンディが心配してアパートを訪ねて来てくれたことだった。

その前から食事を貰うなどして、ノルダムはすでにウェンディに胃袋を摑まれていた。

素行が悪かったことにより親から勘当されてからというもの、ろくな暮らしをしてこなかった。

それがウェンディが作る温かな家庭料理を食べて、自分の人生これでいいのかと初めて思い始めていたのだ。

そんな時に十数年ぶりに風邪を引き、心身共に弱っている自分にウェンディは優しくしてくれた。

体調を心配して食事と薬を持って来てくれて部屋を綺麗に片付けてくれた。

自分のアパートでまともな食事を摂ったのは初めてだったし、綺麗に片付いた部屋を見るのは久しぶりだった。

ウェンディと結婚したら、今の自分には程遠いそんな当たり前の暮らしを送れるのだろうか。

そのためなら真っ当な仕事に就き毎日必死に働いてもいい。

ウェンディと一緒ならそれができる自分になれる、そう思ったのだった。

懐いてくれた可愛いシュシュの父親にもなってやりたいとも。

だからつい、熱に浮かされたようにウェンディにプロポーズをしてしまった。

本心からウェンディと結婚したいと思って零れた言葉だった。

それなのにウェンディはノルダムのプロポーズを本気としては受け取ってくれなかった。

言葉と気持ちを尽くしてようやく本気だとわかって貰えても、誰とも結婚するつもりはないと断られてしまう。

誰とも結婚はしない。生涯独身を貫くと言ったウェンディのその時の顔は、誰かを想っている……そんな女としての顔をしていた。

（お前にそんな顔をさせるのは、やはりあのデニスとかいう男なのか……？）

ウェンディの様子を見て、ノルダムはむしゃくしゃとやるせない気持ちになる。

そんな時にジャスリンがウェンディとの進捗状況を聞いてきた。

気が荒れていたノルダムは丁度いいと、いつものように……というよりも憂さ晴らしのようにジャスリンとの逢瀬を楽しんだ。

それがまさか、ホテルに向かって歩いている姿をウェンディに目撃されるとは思いもせずに。

告白をしておいて他の女と会っていることをウェンディに知られ、もう会いに来るなとまで言われてノルダムの頭にカッと血が上る。

体はともかく気持ちはウェンディに向いているのになぜ自分を拒むのか。

いっそ強引にでも手に入れてやろうかと思ったその時、あろうことかあのデニス・ベイカーが邪魔をして来たのだ。

ノルダムは慌てた。ジャスリンと繋がっていることをデニスが知っているとは限らないが、面が割れるのは避けておいた方がいいだろうと思い、その場を逃げ去った。

どうしてだ？　どうして何もかも旨くいかない。

ウェンディに嫌われ、拒絶された。ショックを受けながらこれはもう無理かもしれないとジャスリンに言うと、彼女は許してはくれなかった。

できないなら金を返せと言われたが金なんてもうとっくにない。

もはや八方塞がりだった。どうすればいいのか答えが見つからないまま、いつものようにジャスリンと会い、待ち合わせに使ったカフェを出る。

そしてそこに、

(なぜっ？　どうしてなんだっ⁉)

ウェンディがデニス・ベイカーと共に立っていたのであった。

顔面蒼白のノルダムとそしてジャスリンに向けてデニスが告げる。

「どうやら四人できちんと話をした方が良さそうだな？　ジャスリン・ラナス。そして、ノルダム・オールトン」

その声は硬質で、温度をまったく感じさせない冷たいものであった。

第六章 そして、父と娘は対面する

狼狽えるジャスリンとノルダムを連れて、デニスは予約をしていたホテルの一室へと移動した。

そこは簡単な商談などもできるように応接ソファーも設置されていて、それに座るようにデニスはジャスリンとノルダムに指示をする。

そしてウェンディをエスコートするようにソファーまで案内し、デニスは彼女の隣に座した。

「さて。この状況をどう説明してもらえるのかな？　キミは確か今も執拗いくらいに我が家に婚約の打診をしてくるよな？　何度断りを入れてもその返事を無視して。それなのに裏では長年の恋人との関係を切らない、一体どういう了見をしているのか」

デニスは対面して座るジャスリンに言った。

「っ……いえあのその……」

ジャスリンは気まずげにデニスから視線を逸らし、言葉を濁らせる。

ウェンディもじっとジャスリンを見ていた。

なぜ彼女はデニスの妻だと偽りながら、裏では恋人であるノルダムと関係を続けていたのだろう……。

「ジャスリンさん、貴女はどうしてデニスの妻であると私に嘘を？」

ウェンディがジャスリンに尋ねると彼女は不遜な態度で答えた。

「嘘なんてついてないわ。貴女が最初に勘違いしたんじゃないの。私はただそれを否定しなかっただけよ」

「でも肯定はしていましたよね？　私が貴女をベイカー子爵夫人と呼んだらそれに返事もしていたし。それって身分詐称……」

「なによっ！　違うわよ！　いずれそうなるんだから敢えて否定する必要はないと思ったのよ！」

ジャスリンのその言葉に、デニスが苦虫を噛み潰したような顔をした。

「……いずれそうなる？　馬鹿なことを言うな。お前のわけのわからない再婚約の申し入れはとっくに何度も断っているだろう。たとえ天地がひっくり返っても、俺がお前を妻に迎えることはない」

「そ、そんなっ……」

デニスにハッキリと断言されたことにショックを受けたジャスリンは矛先をノルダムへと向けた。

「ノルダム！　あなたのせいよっ！　あなたがさっさとそこの女を誘惑して落とさなかったからこんなことになったんじゃないっ！　本当に役立たずなんだから！　失敗したんだからお金を返しなさいよっ！」

「はぁっ？　なんだよ八つ当たりかよっ！　お前がフラれたのはウェンディのせいじゃねえ！　お前に魅力がなかったからだよっ！」

「なによ！　なによなによっ！」

途端に言い争いになったジャスリンとノルダム。さっきまでカフェでイチャイチャしていた（であろう）二人とは思えない。

しかしウェンディはジャスリンの言葉を聞き逃しはしなかった。

「誘惑……？　私を？　ノル、どういうことなの？　お金って？」

怪訝な表情を浮かべて問いかけてくるウェンディに、ノルダムはたじろいだ。

「い、いやウェンディ、それはっ……」

「ジャスリン・ラナスに金で雇われたんだろ？　大方俺からウェンディを引き離すために奸計を依頼されたんだろ？」

「はぁっ!?　カンケイってなんだよっ！」

デニスに食ってかかるノルダムにウェンディが言った。

「〝奸計〟とはね、……面倒くさいわね、自分で辞書でも引きなさい。ああそう、そうなのね。どうりでいきなりプロポーズなんかしてきておかしいと思ったのよ。じゃあギルドで再会したのも偶然じゃなかったってこと?」

「そ、それはっ……」

答えられないということは肯定であると理解したウェンディは深く嘆息する。

「はぁ……懐かしい幼馴染との再会を素直に喜んだのは私だけだったということね……バカみたい」

「違うんだウェンディっ! そりゃ確かにきっかけは金で頼まれたことだったけど、お前とシュシュちゃんと接しているうちに本当に家族になりたいと思ったんだよっ!」

「それをどう信じればいいの? まぁもともと結婚する気なんてなかったからどうでもいい話なんだけど」

「ウェンディっ……!」

悲しげに表情を歪めるノルダムを見ても、ウェンディにはもう掛ける言葉は見つからなかった。

まさか幼馴染との再会が金で雇われてのことだったなんて。

項垂れるノルダムの旋毛がこちらを向いている。

その旋毛にウェンディは心の中でそっと別れを告げた。

(さらば幼馴染よ……)

そしてちらりと隣に座るデニスを見やる。

その途端にデニスと視線が重なった。

「っ……！」

どうやら彼はずっとウェンディのことを見つめていたようだ。

デニスはジャスリンと対峙しているのでずっとそちらに目を向けていると思ったのに。

優しく温かな眼差しに包まれて、まるでデニスに守られているようでウェンディはなんだか心がざわざわとして落ち着かない。

慌てて目を逸らすと目の前にはまだノルダムの旋毛があった。

その隣ではジャスリンがウェンディを睨みつけている。

反省の色が欠片も見えないジャスリンに、デニスが言い放つ。

「ウェンディに逆恨みをするのはやめろ。彼女とは関係なく、結婚を断る理由は俺がお前を生理的に受け付けないからだ」

「……え、ど、どうして？　わ、私は貴族よ？　生まれながらにして尊い血筋を持っているし、女としてだって誰に劣るつもりもないわっ」

「いや、そもそも血筋になんて興味はないし、身持ちが悪い女を妻に迎えたいだなんて誰が思うんだ？」

「なっ……!?」

ジャスリンは貴族の妻に返り咲きたいと思っていると聞いたが、貞淑さを持ち合わせない女性が貴族の妻として相応しいとは思えない。

金遣いが荒く、自分の欲のためには平気で人を騙す狡猾な女性……。

そんな妻を迎えるなど、たとえ相手が平民だったとしても倫理観的に論外だろう。

デニスの話を聞き、ウェンディはそう思った。

自分を見つめるウェンディの何とも言えない眼差しに、カッとしたジャスリンがヒステリックな声を張り上げた。

「何よっ！　そんな残念そうな目で私を見ないでちょうだいっ！」

「あ、顔に出てました？」

いけないいけないいけない。

「貴女みたいな、女を捨てた所帯染みた地味女にバカにされるほど落ちぶれてはいないわっ！」

いやもう充分落ちぶれているのでは？　とウェンディは思ったが、思いの外〝女を捨てた所帯染みた地味女〟というフレーズに傷付いた。

ウェンディに暴言を吐いたジャスリンに対し、男二人が怒りを露わにする。

「黙れジャスリン・ラナス。ウェンディは今も昔も変わらず素敵な女性だ。自立し、懸命に生きる強くて美しい女性なんだ。己のことしか考えないお前は彼女の足下にも及ばん」

デニスが恐ろしく低い声でそう言うと、旋毛の披露をやめたらしいノルダムも顔を上げてジャスリンに言い放った。

「そうだぞジャスリン！　ウェンディはな、仕事をしながら母親として立派にシュシュちゃんを育ててるんだ！　親のスネをかじり続けてるお前に何がわかる！」

デニスとノルダム、二人に責められたジャスリンは更にヒステリックな声で喚き散らす。

「なっ……何よ二人して！　そんな女のどこがいいのよ!!」

ごもっとも、と思ったウェンディを他所に、デニスの声が一層低く室内に響く。

「黙れと言っているだろうジャスリン・ラナス。……いや、いいだろう。そんなに喋りたいなら騎士団の取り調べ室で好きなだけ喋ればいい。ただし自白のな」

デニスに突然そう言われ、キーキーと金切り声で文句を言い続けていたジャスリンが急に静かになった。

そしておろおろとデニスに言う。

「な、なによっ騎士団の取り調べ室って……自白ってなによっ……！」

「お前とノルダム・オールトンのことを調べていたらついでに出てきたぞ。かつて恋人だった男の証言も取れている。ジャスリン・ラナス、違法魔法薬物使用でお前には捕縛命令が下された。じきにここに騎士たちがやって来る」

そう告げたデニスは、ウェンディでも怯むような冷たい眼差しをジャスリンに向けていた。

「違法、魔法薬物……？」

ウェンディがつぶやくと、デニスが説明してくれた。

「国が使用を禁止している魔術により生成された薬物を、このジャスリン・ラナスは乱用していたんだ」

それを聞き、ノルダムが驚いた様子でジャスリンに言った。

「お前っ……！　まだあんな危険なクスリを使ってたのかよっ!!」

「だって……むしゃくしゃした時に使うと気持ちよくなれるんだものっ……でもごくたまにしか使ってないのよ？」

「たまにだと？　購入履歴を調べたら結構な使用頻度だぞ？　それにたとえ一度だけだったとしても、使用禁止と法律で定められている薬物を摂取したら犯罪なんだよ」

「そ、そんなっ……お願い！　見逃して！」

「アホか貴様は。見逃すわけがないだろう。潔く罪を認め、償ってこい」

「嫌よ！　捕縛歴なんてついてしまったら、もう二度とまともな結婚なんてできないわっ!!」

ジャスリンがそう叫んだ時、丁度ノックと共に数名の騎士たちが入室して来た。

自分を捕らえにきた騎士たちの姿を見て、ジャスリンは震え上がりそして途端に泣き叫ぶ。

「ごめんなさいっ！　もう二度としないから！　今回だけは見逃してぇぇー！」

そして必死の形相でデニスにしがみつこうとしたが、敢えなく騎士の一人に取り押さえられた。

それを見ながらデニスは「連れて行け」と騎士に指示を出す。

「いやぁっ！　こんなの酷い！　酷いわぁっ……！　わぁぁんっ!!」

両脇を二人の騎士に抱えられ、ジャスリンは泣き喚きながら連行されて行った。

後にはそれらの光景を目の当たりにし、ただ呆然とするウェンディとノルダムと、そして騎士たちが退室して行くのを見届けてドアを閉めたデニスが残された。

騎士たちがジャスリンを連行し、静けさを取り戻した室内でウェンディはノルダムに訊いた。

「ノル、あなたは薬物なんて使用してないでしょうね？　過去にでも使用したことがあるなら心底軽蔑するわよ」

ノルダムは首が取れそうなほどぶんぶんと首を振り否定する。

「まさかっ！　ダチや昔のオンナに勧められたことは何度もあるが、クスリは金がかかるから手を出さなかったんだよっ」

「それってお金があれば手を出してたってことじゃない」

「そ、それはそうかもしれないけどっ、でも体がボロボロになるのを知っていたからビビったしっ……ち、誓って俺はクスリをやったことはねぇっ！」

必死に否定するノルダムを見て、ウェンディはため息をついた。

「ならいいけど……。ノル、あなたは今後もこんな自堕落な生活を続けていくつもりなの？」

「……っ、」

「これは最後に、幼馴染として言わせてもらうわね」

〝最後〟という言葉にノルダムの肩がぴくりと動く。

「ノル、人生は思っていたより短いみたいよ？　その人生を後悔することなく送れるのかどうかは全て自分次第だと思うの。今からでも遅くない、真っ当な暮らしをしなさい。一生懸命働いて、三食きちんと食べて、酒瓶が転がり衣類やゴミが散乱する部屋で暮らすのをやめなさい。そうすればきっと、きっと何かが変わり幸せになれると思うから。少なくとも健康にはなれるわよ？」

「ウェンディぃ……」

「それにはまず、定職に就いてご両親に会いに行くことから始めるといいわ。きっと小父さんも小母さんも心の中ではあなたを心配してると思うの。親にとって、子どもは幾つになっても子どもだから」

「ウェンディぃぃ〜っ……！」

ウェンディのアドバイスに、ノルダムはとうとう耐えきれずに涙ぐむ。

そして必死になってウェンディに謝った。

「ごめんなウェンディっ……俺がバカだった、金に目が眩んで本当にバカなことをしたっ。ちゃんと、ちゃんとお前ともう一度出会いたかったよっ……そうすれば……」

そこまで言って、ノルダムはウェンディから少し離れて後ろに立つデニスを見た。

彼は彼女を守っている。

ノルダムの言動に注視して何かあればすぐに動ける位置に居る。

ウェンディの心の中にまだ彼がいることに薄々勘づいていたノルダムには、二人が見えない何かで強く繋がっているように見えた。そして嫌でも理解させられる。

二人はまだ、こんなにも互いのことを……。

そう思うと余計な横恋慕をした自分の存在が酷く惨めだった。

でも不思議と苛立ちも憎しみも感じないのはやはり、ウェンディが幼馴染として真剣にノルダムの身を憂いてくれたからだろう。

できることなら自分の手でそんな優しい彼女を幸せにしたかった。可愛いシュシュの父親になりたかった。

　でも、それは自分の役目ではないとノルダムは思った。

「いや……。ちゃんとした再会をしていたとしても、俺はお呼びじゃなかったな」

「え？」

　独り言のようにつぶやいたノルダムの声が聞き取れず、キョトンとした顔をするウェンディにノルダムはこざっぱりとした笑顔を向けて言った。

「ウェンディありがとうな。こんな俺の心配をしてくれて。……俺、頑張ってみるよ、ちゃんとした仕事を探すし親にも会いに行く。そしていつかきっと、お前みたいな口煩いしっかり者の嫁を見つけるぞ」

「口煩いとはなによ。……でも、改心してくれたなら良かった。頑張れ、ノルダム・オールトン」

「ああ、任せとけ！」

　ノルダムは威勢よく胸を叩いてウェンディに返事をした。

　彼の精一杯の虚勢だったのかもしれないが、どこか清々した表情を浮かべている。

　そしてウェンディに「シュシュちゃんと二人、絶対に幸せになってくれ」とそう言い残してホテルの部屋を出て行った。

（悪たれノルル、あなたこそ頑張って幸せになりなさいよ）

そう心の中でつぶやいて、ウェンディは彼の背中を見送った。

そうして部屋にはデニスとウェンディ、二人だけが残された。

どちらも互いになんと声をかけていいのかわからず、ただ沈黙する。

デニスに何を言うべきか、何を尋ねるべきかを思いあぐねていると彼の方から口火を切った。

「……これで煩い邪魔者たちを排除してようやく今後について話ができると思うのだが」

「そ、そうね……」

困った。デニスとの間にあると思われていた壁が全て無くなってしまった。

もうこれ以上、彼を拒む理由が見つからない。見つからないけど、どうしてもあと一歩が踏み出せない気持ちが自分の中にある。

ウェンディはその気持ちが何なのかわかっていたが、深く考えたくはなかった。しかしもう頑なにデニスを拒むつもりもない。

答えはまだ出せないけれど、自分と同じく今まで懸命に生きてきた彼に……本来なら彼と共有するはずだった宝ものを慈しむ時間をわかちあってもいいと思えたからだ。

シュシュにとって彼が父親であることは確かなことなのだから、そこはもう受け入れてもいいと思えたのだ。

だからウェンディは正直な気持ちをデニスに伝える。

「今後について、私の中ですぐに答えが出るのかどうかわからないの。……それでもいい？」

「もちろんだ。ただ近くに居させて貰えるなら、一緒に子どもの成長を見守らせてもらえるなら、キミの答えが出るまで幾らでも待つよ」

「何年も先になるかもしれないわよ？」

「それでも待つ。キミには俺を待たせる権利がある」

「大袈裟よ」

「…………」

「…………」

なんだか互いに気恥ずかしく、上手く話せない。

だけどそろそろシュシュを迎えにいかなくてはならない時間だ。

ウェンディはそれをデニスに伝えた。

「そろそろ行かなくちゃ。あの子……シュシュが待ってるわ」

「ああ、そうだな。図書館までは送らせてほしい」

デニスはウェンディが許可するまでは律儀にシュシュには会わないつもりのようだ。

だからウェンディは彼に尋ねてみる。

「……あの……一緒に帰る……？」

「えっ、」

「……誘拐事件の時といい、ヤッコムのことといい、まだ何もお礼できていないし……」

そうだ。考えてみれば口で礼を言っただけで終わらせてしまっていた。

シュシュの存在を知られてその後の対話を避けることにばかり気を取られて、すっかり失念していた。

そのときはシュシュが自分の娘だと知らずに、それでも危険を顧みず拉致現場に向かってくれたのだ。

この礼はきちんとせねば人としてどうかと思う。

ウェンディはそう考え、思いきってデニスに提案してみた。

「あの……お礼にならないと思うけど、それでも何もしないわけにはいかないから……その、良かったら……うちに食事に来る？」

「えっ、いいのか？　それはつまり、シュシュと会ってもいいという意味と同義と受け取るが、本当に……いいのか？」

「貴方が嫌なら無理にとは言わないけど……」

「嫌じゃないっ!!」

ウェンディの言葉に被せ気味に返答したデニスの迫力に若干気圧されつつ、ウェンディが言った。

「そ、そう？　じゃあ……行きましょう？」

「あ、ああ……」

娘に会える。そのことで途端に緊張し出したデニスの言動がぎこちなくなる。

（ぷっ……）

ウェンディは内心吹き出しながら、デニスと共にシュシュを預けている図書館へと戻った。

そしてとうとう正式な父と娘の対面となるのであった。

「あ、でも急に帰りが遅くなっても大丈夫？　クルトくんが待ってるんじゃない？」

図書館へと向かって二人で歩きながらウェンディがデニスに尋ねた。

「俺の乳母のドゥーサが見てくれているから大丈夫だ。ドゥーサは住み込みだからな」

「そう……」

まぁ正直いつものようにシュシュを抱っこしながら、市場で三人分の食事を買うのは大変なので手伝って貰えるのは有り難い。

なのでウェンディはデニスにそのまま自宅アパートまで来てもらうことにした。

「図書館の保育ルームはこっちよ」

「……ああ」

そう告げるとデニスは神妙な面持ちになる。

ガチガチに緊張しているようだ。いつもは泰然としているデニスでも緊張なんてするんだなと思いながら、ウェンディはデニスを伴い図書館の一角にある保育ルームへと向かった。

保育ルームに着くと直ぐに他の子どもと遊んでいるシュシュを見つける。

「シュシュ、ただいま。ごめんね待たせて」

「あ！　まま！」

母親の姿を見てパッと笑顔になるシュシュを見た瞬間、隣にいたデニスが小さく息をのんだのがわかった。

「ままおちゃえり！」

そう言って母親にしがみ付くシュシュをデニスは食い入るように見つめていた。

ウェンディはデニスに告げた。

「……娘のシュシュです。一応、改めてご紹介を……」

「うん……」

デニスはそう返事するも一心にシュシュを見つめている。

母親の側に大人の男の人が立っていることに気付いたシュシュがデニスの方を見た。

二人、しばしそうやって見つめ合う。

キョトンとしていたシュシュがデニスに言った。

「だあれ？」

その言葉を受け、デニスはシュシュを怖がらせないようにゆっくりとしゃがんだ。

そして優しくゆっくりとした口調でこう告げる。

「……はじめましてシュシュちゃん。僕の名前はデニスといいます」

「ままの……おともち？」

「そうだよ……ママのお友達だ。シュシュちゃんも……僕のお友達になってくれるかな……？」

デニスは自分を父親だと名乗らずにいてくれた。

それを決めるのはあくまでもウェンディであることを深く理解してくれているのだ。

ウェンディ自身も二歳のシュシュにどこまで、そしてどう教えようかまだ考え中なので
とりあえずはそうしてもらえて助かった。

「うん！」

デニスの言葉に元気よく笑顔で頷いたシュシュをデニスは眩しそうに見つめた。

彼の瞳が潤んでいるのに気付いたが、ウェンディは敢えて何も言わなかった。

「シュシュ、今日はね、こちらのデニスさんがウチにゴハンを食べに来るのよ」

「ふんと？　やったぁ！」

「よ、喜んでくれてる……」

デニスが感動してつぶやくが、ウェンディは現実を直視して言った。

「お客さんが来るからワクワクしているだけよ？」

「そ、そうか……それでも、嫌と言われなくて良かったよ。可愛いな、本当に可愛い。元気で明るくて、キミみたいだ」

「……見てくれはイヤになるくらい貴方にそっくりだけどね」

「うん……そうだな……」

またデニスはまるで尊いものを見るようにシュシュを見つめ、そのうち手でも合わせて拝みそうだ。

「じゃあシュシュ、帰ろうか」

「うん！　はい、まま」

シュシュはそう言ってウェンディに手を伸ばした。

お帰り恒例の抱っこのご所望だ。

ウェンディがシュシュを抱き上げようとしたそのとき、デニスが遠慮がちに言った。

「……俺が……抱っこしたら駄目かな……？　こ、こう見えても甥っ子で子どもは抱き慣れているんだ。い、嫌がるだろうか……」

　ウェンディは少し考えてシュシュに尋ねた。

「シュシュ、デニスおじさんに抱っこしてもらう？」

　するとシュシュはぽかんとデニスを見上げ、ふるふると首を振った。

（ぷっ）

　そらそうだ。会って直ぐの大人の男性に抱っこされるなんて、いくら人見知りをしないシュシュでもイヤだろう。

　ウェンディはデニスに言った。

「嫌だって。いきなり抱っこなんて無理よ」

「そ、そうだよな……すまない……」

　デニスは気不味そうだ。

　そしてシュシュが可愛くてつい暴走してしまった……とデニスは大きな体で小さくため息を吐いた。

　いつものようにウェンディが娘を抱き上げると「じゃあ鞄を持つよ」と言ってデニスはウェンディの鞄を手にした。

　それからその足で市場へ向かう。

　一応ご馳走するのだからと、ウェンディはデニスに尋ねてみた。

「何が食べたい？　なんでも好きなものを作るわよ」

「え？　そうだな……」

デニスはそう尋ねられるとは思っていなかったようで少し驚いた様子だった。

そして少し逡巡してから答える。

「もし、手間でなければアレが食べたい。昔よく作ってくれたチキンのクリーム煮」

「え？　あんなのでいいの？」

「ああ、それがずっと食べたかったから」

「ふぅん……まぁシュシュも大好物だからいいけどね」

「そうか……一緒か」

「いちいち感慨深げに言わないで」

「す、すまん」

「おじたんおこられたー」

「面目ない……」

そんな風に話しているうちに市場へと着いた。

精肉店でチキンを。

青果店で玉ねぎとマッシュルームを。

そしてベーカリーでパンとミルクを購入する。

……全てデニスの支払いで。

「お金を出してもらったらお礼の意味がないでしょう」

「いいんだ。作ってくれるのが充分礼になる」

そう言って荷物も全部持ち、最後に寄ったキャンディショップでシュシュの大好きな苺ミルクキャンディも買ってくれた。

どうやらウェンディが買い物をしている間にデニスがシュシュの好きなものを聞き出したようだ。

「いちこみゆくー！」

まぁシュシュが嬉しそうだからいいか……。

その苺ミルクキャンディを食べながらシュシュは何かに気付いたようだ。

デニスの方を見ながら、今日はおさげに結った自分の髪を手にしてこう言った。

「……いっちょ？」

「え？」

デニスが聞き返す。シュシュはデニスの頭を指差し、そして自分の髪を見せながらもう一度言った。

「かみ、いっちょ！」

「っ………あぁ……一緒だ……一緒だな、シュシュちゃん……」

言葉を詰まらせながらデニスが答える。

彼は今、何を思っているのだろう。

ウェンディは何も言わず歩き続ける。

アパートがある地区に入ってから心なしかデニスの口数が減っているような気がする。

周辺を見回し、眉間にシワを寄せている時もあった。

アパートに着いても、建物や部屋の周りなどを見て何やら考えごとをしている様子だ。

「……？」

不思議に思いつつもウェンディは鍵を開けて部屋に入る。

玄関に入ってすぐに置いてある椅子にシュシュを座らせ、外履き用の靴から柔らかなルームシューズへと履き替えさせた。

靴を履き替えるとシュシュは嬉しそうにソファーのところまで行き、デニスに声を掛けた。

「おじたんちて！　ワンワン！」

そう言ってお気に入りの犬のぬいぐるみをデニスに見せる。

「どうぞ？」

ウェンディもデニスに入室を促すと彼は「おじゃまします」と丁寧に言って入ってきた。

こういうところに育ちの良さを感じる。

デニスはこれまた育ちの良さか、あまり室内を不躾に見てはいけないと思っているようだ。

それでもシュシュが次々に見せる宝ものの数々を興味深そうに見ていたので、ウェンディはそのまま気にせず夕食の支度を始めた。

デニスがリクエストしたチキンのクリーム煮。

玉ねぎとマッシュルームを炒め、クリームを投入する。

そこにシーズニングスパイスと塩、隠し味にお砂糖を入れて混ぜ合わせる。

小麦粉を振って、バターで軽く焼き目をつけたチキンをそのクリームソースに入れてしばらく煮込む。

決してぐつぐつさせず弱目の中火で煮るのがコツ。

クリームを煮立て過ぎると分離して滑らかなソースにはならないから。

そうしてチキンにしっかり火が通ったらでき上がりだ。

サラダとパンを添えてテーブルに配膳する。

二人は何をしているのかとキッチンから様子を窺うと、デニスの膝に座り絵本を読んでもらっているシュシュの姿が目に飛び込んで来た。

母親の膝の上とは違う、父親の大きな体に包まれた安定した様子で寛ぎ、熱心に絵本を読むデニスの声に耳を傾けている。

三年前、別れていなければ、この光景は日常的なものとして見られたのだろう。

ウェンディはなんだか堪らない気持ちになったがそれを隠すように明るい声で、二人に呼びかける。

「食事の支度ができたわよー」

「わーい！」

シュシュは嬉しそうにデニスの膝から降りてテーブルへとやって来た。でもふと何かを思ったのかシュシュはデニスの元に戻り、「おじたん、こっち」と言ってデニスの手を引いた。

デニスは嬉しそうな顔でシュシュに手を引かれるまま、それに従いテーブルへと導かれる。

「旨そうだ……」

テーブルの上の食事を見てデニスが小さく感嘆した。

「ちちんよ?」

シュシュはじっと食事を見つめるデニスに教えてあげる。

チキンを知らないと思ったのだろう。

「そうだな、チキンだ。シュシュちゃんのママのチキンのクリーム煮は絶品だからな」

「もう、いいから座って」

ウェンディはシュシュを椅子に座らせながらデニスに言った。

こんな料理くらいで大袈裟に喜ぶのはやめてほしい。

付き合っていた頃も、デニスの好物の食事を作る度に喜んでくれたことを思い出してしまう。

「いたちましゅ！」

「いただきます」

「どうぞ召し上がれ」

こんな簡単な料理をデニスは「旨い、相変わらず本当に旨い」と喜んで食べてくれた。

食後のお茶を出すと、デニスが意を決したようにウェンディに言った。

「……ウェンディ、俺がこんなことを言う資格がないのも余計なお世話なのも何様のつもりだということもわかってるんだ。だけど言わせてくれ……すぐにでも別のアパートに引っ越してほしい」

「突然なに？　なにを言ってるの？」

「わかってる、わかってるんだ。だがこの地区は治安が万全ではない。自警団の巡回が後回しにされている地域だ。それにこのアパート自体のセキュリティと荒み方に不安要素しか感じない、ここは若い母親と娘が住むべき家ではないよ……」

「まぁ、そうよね」

ウェンディもそれは充分に理解していた。

しかし王都に来た時分、ヤッコムの賠償の一件で住む場所に贅沢は言えなかった。

少しばかりボロくても治安が少しばかり不安な場所でも、王宮と託児所との距離を優先してこのアパートを選んだのだ。

実際、上の階の住人の中年男性に不躾に厭らしい視線を向けられていることにも気づいていた。

「わかったわ。私もシュシュを育てるのには向いてないところだと理解はしているの。もう少し資金が貯まったら新しく住む場所を探すわ」

「金なら俺が出す。いや出させてほしい。こんなことでキミがこれまで一人で負ってきた苦労に報いれるなんて思っていないが、せめてこのくらいはさせてくれ。キミとシュシュが安心して暮らせる場所を探してすべて手配するから。引っ越し業者も何もかもだ。キミとシュシュはそのまま移って来るだけでいいから」

「ちょっと待って、そこまでしてもらう理由がないわ」

「理由ならある。理由というか……遺伝子上はシュシュの父親というキミの古い友人として、力になりたいという理由がある。だから頼む、ウェンディ。可及的速やかに安全なアパートに移ってほしい」

「………」

これは……どうするべきか思いあぐねてしまう。

正直有り難い話ではある。

ヤッコムに支払っていたお金が返ってきたとはいえ、それを引っ越し費用に当ててしまうとまた貯金がほとんどない心許ない生活が続いてしまう。

加えて今のアパートよりよい条件の部屋となると確実に家賃も上がるのだ。

月々の家賃まで払うなんて言われたら断固拒否するが、引っ越し費用を援助して貰えるのは正直有り難いと思ってしまった。

それに幼子を連れての転居の大変さは数ヶ月前に身に染みて体験しているのだ。

だけど、やっぱり子どもの存在がわかったからといって、急にそこまで頼るのはウェンディには抵抗がある。

考え込むウェンディを見て、デニスが言った。

「ウェンディ……シュシュのためというところに重きを置いて考えてみないか？　あの子のために何が最良の選択か、一緒に考えさせてほしい」

「シュシュの……」

ウェンディは娘の方を見た。

シュシュは同じテーブルで画用紙を広げてお絵描きをしている。

「ワンワンねー」

と言いながら犬の絵を楽しそうに描いているシュシュを見て、ウェンディは様々なことを考える。

だけど結局、その日に結論を出すことは出来なかった。

挿話　叔父と甥の会話

デニスの甥のクルトは今年で六歳になる。

奔放で不身持だった兄の子とは思えないほど、思慮深く聡明で利発な子だ。

手元に引き取って三年、ほとんど乳母のドゥーサの手を借りてはいるものの初めての子育てに四苦八苦したデニスだが、ドゥーサに言わせればクルトほど利口で育てやすい子どもはそうはいないそうだ。

なるほど確かに六歳とは思えないほどしっかりした考えを持ち、しっかりとした受け答えができる賢い子だ。

これは叔父として贔屓目での評価ではない。

貴族院学院初等部付属幼児院でも教員たちから高い評価を得ているのだった。

まぁ要するに、クルトがまだ子どもだからと説明もせずにおざなりにはできないということだ。

でないとシュシュのことが知れた後で質問攻めに遭うかもしれない。

なのでデニスは叔父と甥の男同士膝を付き合わせて、ウェンディやシュシュという存在がいることをクルトに説明をする機会を設けた。

「クルト、今日は折り入って話がある」

「なあに？　デニスおじさん」

「じつはだな、叔父さんに娘がいたことが最近わかったんだ」

「え？　むすめって、デニスおじさんのこどもってこと？」

「そうだ。クルトにとっては従妹にあたるわけだな」

「……？　こどもっていきなりあらわれるものなの？　さいきんうまれたの？」

「それを一から話せばかなり長くなるし、複雑過ぎてまだお前には理解できないと思うのだが、とにかく最近生まれたのではなく二年前に生まれていたことがわかったんだよ」

「どうしてにねんかんもわからなかったの？」

「それは……わけあって子どもの母親とサヨナラしたから知らなかったんだ」

「こどものおかあさんとサヨナラ……デニスおじさん、こいびととわかれたということ？」

「……お前、どこでそんなことを覚えたんだ」

「ようじいんのおともだちのおかあさんたちが、おむかえにきたときによくいろんなたちばなしをしているよ」

「母親たちの井戸端会議が情報源か……」

「デニスおじさんのわかれたこいびとが、あかちゃんをうんでいたということ？」

「……そうだ」

「ほんとうにデニスおじさんのこどもなの？　おじさんとわかれたあとに、つきあったひとのこどもというのもよくあるそうだよ？」

「それも井戸端会議で知ったのかっ……大丈夫だ。娘に会ったが間違いなくベイカー子爵家の血を引く特色があった」

「とくしょく……かみのいろ？」

「そうだ。俺とクルトと同じ、キャメルブラウンの髪色をしていたよ。子どもの髪だからどちらかというとクルトの方がよく似ているかもしれない」

「へぇ……なんてなまえのこなの？」

「シュシュだ。とっても可愛い女の子だよ」

「シュシュ……おんなのこらしいなまえだね」

「ああ。そうだな」

「おんなのこはまもってあげないといけないんだよね！」

「そうだ。男は女性を守り、大切にしなくてはならない。もっとも女性はとても強く、逞しく、支えられているのは男の方だがな。それでそのことについてクルトに話しておきたいことがあるんだ」

デニスはそう言ってから、シュシュと母親であるウェンディが住んでいる地域とアパートがあまり治安のいい場所ではなく、そのため安心して暮らせる新しい家を探すこと、そしてその家に移り住むまではデニスがマメに出入りして護衛することを説明した。

叔父の話を聞き、クルトは椅子から立ち上がって興奮した様子で言った。

「それはたいへんだよデニスおじさん！　シュシュちゃんとおかあさんをまもってあげて！」

デニスは大きく頷いてクルトに答える。

「ああ。勿論だ。二人はお前と同じく俺にとっては大切な存在だ。何があっても必ず守ると誓おう」

「ぼくもシュシュちゃんとおかあさんをまもる！」

「よく言った、それでこそベイカーの男だ」

「でもおじさん、あたらしくいえをさがすならシュシュちゃんもおかあさんもここにすめばいいのに」

「俺もそうして欲しいのは山々だがな、これには複雑な事情が絡んでなかなかそう簡単にはいかんのだ」

「ふぅん」

「とにかく、明日から仕事の帰りは二人をアパートに送り届けてからの帰宅になるから少し遅くなる。すまないがクルトはドゥーサと一緒に夕食を先に食べていてくれ」

「うんわかった！　ボディガードだね！　ぼくもおけいこのひじゃないときはふたりのボディガードをするよ！」

「よし、頼んだぞクルト」

「うん！」

　という話し合いが、ウェンディの知らぬ間にベイカー子爵家の部屋の一室で行われていたのであった。

第七章 ウェンディは開き直ることにした

治安の悪い今のアパートからの転居を提案されたウェンディだったが、結局その日に結論を出すことができず、デニスは後ろ髪引かれる思いで帰って行ったのであった。

その夜にデニスがクルトに既に自分たちのことを話しているとは知らないウェンディは、デニスの提案をどうするべきかを考えていた。

デニスにお金を出して貰って引っ越すか、それとも振られた女の意地だと突っ撥ねるか……。

後者が出来たらカッコいいのだけれど、シュシュのことを思うと……。

(もういっそのこと更なる貧乏暮らしを覚悟して自費で引っ越す？　でもまた余裕がなくなる上に家賃が上がるのは心許ないし。それにもし自分が病気をして働けなくなったら？もしシュシュが大病や大怪我をしたら？)

不安要素は泉のように湧き出してくる。

しかしデニスの提案を受け入れることに、かつての自分が首を振る。

デニスとの間に蟠りは無くなったけれど、一度フラれた経験がウェンディに二の足を踏ませるのだ。だけど父親としてのデニスの存在は受け入れようと決めたのである。

そう決めたのであれば建設的に今後のことを考えていくべきであるということも、わかっているつもりだ。

（結局、結論を先延ばしにしてばっかりね）

一体どうしたらいいのだろう。どうすることが最善か。

そんなことを考えながら次の日の業務を終えた。そしてその日の帰り。

「え？　まさか家まで送るとか言うつもり？」

「と言うつもりだ。シュシュを迎えに行き、市場で買い物をしてキミたちが無事に家に着くまで、見届けてさせてほしい」

「そ、そんなっ……それじゃあ家で待っているクルトくんが可哀想じゃない！」

「クルトにはちゃんと帰宅が遅くなる訳を話した。あの子はもうすぐ六歳だ、すべてでないにせよちゃんとわかってくれたよ。それどころか思いの外耳年増になっていて、キミとシュシュをしっかり守るようにと約束させられた。それにウチには乳母が居てくれるしね」

「え？　クルトくんに私たちのことを話したの？」

「隠しておけることじゃないし、シュシュは隠さねばならないような存在じゃないからな」

「そ、そうね……」

と、なんやかんやと言いくるめられ、その日はデニスに送られることになったのだった。

託児所にシュシュを迎えに行き、また市場へ寄る。

その時に日用品店の店主に「おっ！　お嬢ちゃん今日はパパと一緒かい？」と尋ねられたシュシュがとびきりの笑顔で「ぱぱちあうよ！」と父親であることを元気よく否定していた。

「うっ……」

仕方ないと受け入れているデニスだが、やはり元気に否定されると心が抉られるらしい。

（あーあ……ご愁傷様）

ウェンディが内心そう思いながら、階段を上ろうとすると、いつもウェンディに厭らしい視線を向けてくる中年の男が上から下りて来た。

男が、ウェンディがデニスと一緒にいる姿を見てあからさまに表情を曇らせた。

そして今度はデニスのことを不躾に見ている。

視線に気付いたデニスがひと睨みすると、男は口惜しそうに舌打ちをしてどこかへと出掛けて行った。

（まぁデニスは長身でルックスはピカイチだし、明らかに貴族然としてて威圧的だものね。シュシュの前ではヘタレだけど）

気持ち悪い視線を向けてくる中年男にデニスが一矢報いてくれた気がして少し溜飲が下がる思いのウェンディであった。

そうしてデニスは部屋の入り口でウェンディに注意を促した。

「部屋に入ったら鍵をしっかり掛けるんだ。そしてその後誰が来ても解錠しないこと。夜眠る時に窓を開けたまま寝るのもやめてほしい。わかったね？　頼んだよ？」

まるで子どもに言い聞かせるように言うデニスにウェンディの反発心が浮上する。

「なんなの？　そんなこといちいち言われなくてもわかっているわよ、あなたは私の父親なわけ？」

「うっ……父親は嫌だな……」

「じゃあ口煩いことは言わないで。帰りも明日から送らなくていいからね。クルトくんのために早く帰ってあげて」

「クルトは理解してくれていると言っただろう。それなら転居のことを前向きに考えてほしい」

「それはもう少し考えたいの」

「ウェンディ、本当に頼むから……とにかく物件はもう業者に頼んで探し始めているから」

「でもっ……」

その時、玄関先で話している二人の間にシュシュが入ってデニスに言った。

「おじたん、はい」

そう言ってデニスの手を引っ張って中に入るよう促した。

シュシュは今日もデニスが家で食事をすると思っているようだ。

デニスは優しい眼差しをシュシュに向け、大きな手でその小さな頭を撫でた。

「ありがとうシュシュちゃん。でも今日は帰るよ。今度は僕がシュシュちゃんとママを食事に誘うね」

「まんま？」

「そう。外でまんまを食べよう」

「うん！」

シュシュは途端に満面の笑みを浮かべた。

外食を知らないシュシュはおそらくよくわかっていない。

しかしなんだか楽しそうな雰囲気なのは感じ取っているようだ。

シュシュとそう約束をして、デニスはまた後ろ髪を引かれまくる様子で帰って行った。


そして翌日の終業時間のことだった。

「はじめましてウェンディさん。デニス・ベイカーのおいのクルトです。ぼくもシュシュちゃんをまもりにきました」

「え……？　ク、クルトくん？」

「はい。いつもおじがおせわになってます」

（なんてしっかりした子！　すごく賢そうだわ……！）

クルトを見て感心するウェンディにデニスが言った。

「突然のことで驚いたと思う。クルトが自分もぜひ二人を守るナイトになりたいと言って、王宮の終業時間に合わせて乳母に連れて来てもらったそうなんだ」

「ぼくもおじさんにけんをならっているのでたたかえます！　ぼくもおふたりをボディガードします！」

「と言ってやる気満々なんだ」

（あ、こういうところは年相応なのね）

「来てしまったのは仕方ないから、今日はクルトも一緒に送らせてもらってもいいだろうか？」

「送って貰うのを辞退して、二人はこのままお帰りになるという選択肢は？」

「残念ながら無いな。キミが嫌がっても後ろを付いて歩く」

「勇者様御一行じゃないんだから……」

ウェンディは抵抗するだけ時間の無駄だと思い、二人のナイトの護衛を承諾した。

託児所に着くとシュシュはデニスと共に現れたクルト少年を不思議そうに眺めた。

そんなシュシュにクルトは言う。

「はじめましてシュシュちゃん。ぼくはキミのイトコのクルトです、よろしくね」

（従兄って言っちゃってるし……。まぁシュシュに従兄が何かは理解出来ないからいいか）

「いとと？」

「イトコだよ。シュシュちゃんのパパのおいっこなんだ」

「すすのぱぱ？」

「デニスおじさんだよ」

（デリケートな事情を呆気なく思いっきりバラしてるし――！）

ウェンディが口をあんぐりと開けてデニスの方を見ると、彼は彼で口をあんぐりと開けていた。

（いやでもきっと大丈夫。甥とか叔父さんとか従兄とか、二歳児には理解出来ないわ）

そう思うウェンディを他所にシュシュはデニスの方を見た。

そしてクルトの方も見てから、今日はウサギさんのお耳ヘアのツインテールにしている自分の髪を手にして言った。

「ぱぱ、くゆと、いっちょ？」

シュシュは確かに正しく理解はしていない。

理解はしていないが自分のキャメルブラウンの髪色とデニスやクルトの髪色が同じなのを見て、何かを感じ取っているのかもしれない。シュシュ自身もわかっていない何かを。

その瞬間、デニスが膝から崩れ落ちた。

糸の切れた操り人形のようにグシャリと嫌な音を立てて。

「ちょっ？　デニスっ？　貴方それ半月板は大丈夫なのっ？」

四つん這いになった状態のまま動かなくなってしまったデニスに、ウェンディが慌てて尋ねる。

デニスは声を押し出すようにしてウェンディに言う。

「……すまないウェンディ……まさかの事態だが……俺はもう、やはりもうっ……無理だっ……こんなに可愛い娘に一度でもパパと呼ばれてしまうとっ……もう他人のフリはできないっ！」

「あ──……」

今ここで、クルトとシュシュの目の前でデニスなんか父親ではない！　と言える胆力はウェンディには、無い。

どう収拾したものかと呆然とするウェンディを尻目に、シュシュは膝を突いたままのデニスの頭をヨシヨシと撫でた。

「ぱぱよちよち」

「ぱっ、ぱぱ……！」

そんなシュシュの頭をクルトが撫でる。

「シュシュはやさしいよいこだね」

「うん！」

「……カオスだわ……」

（すでに呼び捨てだし……）

その後ウェンディはもう自棄になり、アパートまで送ってくれたデニスとクルトに夕食も食べて行けと告げた。

そしてキャメルブラウン頭共を引き連れ、精神的には這々の体で帰宅する。

しかしそこで更なる悲劇が……。

ベランダに干してあったウェンディの下着が盗まれていたのだ。

そのトドメの事態にぶちギレたウェンディは、デニスの金で引っ越すことを半ば自棄になって決断したのだった……。

費用も手続きも、貴重品や触られたくない物の荷造り以外は全て行うという業者の手配も、全部デニスがやってくれるというので、ウェンディは開き直って彼に任せることにした。

その間もデニスは足繁くアパートに通って来る。

下着泥棒はデニスによりとっ捕まえられ自警団に連行されたので心配はいらないが、この地域やこのアパートに住む限り何があるかわからない……と言ってしょっちゅうやって来るのだ。

「……デニス、貴方暇なの？」

ウェンディが半ば呆れたようにそう言うと、デニスは真剣な表情で答えた。

「暇なもんか、王宮の仕事諸々転居の件もあるのに」

「それならこんな頻繁にアパートに来なくていいのよ？ 貴方ちゃんと寝てる？」

「心配してくれるなら物件が決まるまで俺の家に来て欲しい。大きくはないが部屋数はあるから」

「え？」

そう言ったデニスを凝視するウェンディに対し、本人が取り繕うように言う。

「いやわかってる！ シュシュにパパと呼ばれることを許して貰えただけでも感謝してるし、これ以上何も望んではいけないことも重々承知しているんだ。だけどキミとシュシュのことが心配で堪らないんだよ」

「だからって……」

「ウチに来るのが嫌ならせめてここを訪れるのは認めてほしい。男の影があるのとないのとでは防犯の上で格段に変わってくるから。男性の下着を洗濯物として一緒に干すのも効果的らしい」

「うーん……」

「だがウチに来てくれたらそんな手間は要らないし、第一今ここに払っている家賃が浮くんじゃないか？」

「え？」

「俺の都合で来て貰うんだから、もちろん滞在費なんて取らないし。食費と光熱費も浮くな？」

「……」

「狭いが庭もあるからシュシュを思いっきり遊ばせてやれるし。今の季節は庭のオラリアの花が見頃だぞ」

「くっ……貴方、文官よりも物を売り込む商売人の方が向いてるんじゃないのっ……？」

「どうだろう？　キミさえ良ければもう今日にでも移ってもらえるようにするが……？」

「……新しい物件はどのくらいで見つかりそうなの？」

「そうだな……王宮と託児所や市場へのアクセスの良さを考えた立地条件に、家賃の上限という制約があるからなぁ……業者も頑張って探してくれているようだが、もう少し時間が掛かりそうだ。その間ずっとこうやって俺がここに通ってくるのは仕方ないと諦めてくれ」

「貴方の家に移っても移らなくてもその顔を見るのなら一緒じゃない」

「そうだろ？　それならウチに滞在する方が色々と得じゃないか？」

「くっ……」

悔しいがこの辺りの治安の悪さは身に染みてわかった。

正直デニスが来てくれるのは安心出来る。

それに金銭面の魅力は……大きい。

ウェンディは部屋の中をぐるぐる歩き回って考えた末に「お世話に、なり、ますっ……」と歯噛みしながら悔しそうにそう告げた。

もう開き直ると決めたのだ。

こうなったらもうとことん開き直り倒して、デニスに面倒をかけてやることにした。


そしてデニスのプレゼンテーションに負けたウェンディはシュシュを連れて必要最低限の荷物を持って、デニスの小さな屋敷へと移った。

王宮からほど近く、託児所からもちょうどよい距離。

市場は反対方向になるが、乳母のドゥーサが食事の世話をしてくれるというので問題ない。

家に着くとデニスから事前に知らされていたドゥーサが出迎えてくれた。

「ようこそおいでくださいました！　長年ベイカー家にお仕えしておりますドゥーサと申します。まあまあまぁ！　昔から坊ちゃんにお話はお聞きしておりましたから、なんだかウェンディさんとは初対面な気がしませんわねぇ！　ようやくお会いできて大変嬉しゅうございますよ。どうかワタクシの事はドゥーサと気楽に呼んでくださいましね！」

「坊ちゃんはやめてくれと言ってるだろう」

デニスが気恥ずかしそうにドゥーサに言う。

「坊ちゃんじゃなきゃなんとお呼びするんですか？　デニス坊ちゃんはデニス坊ちゃんでクルト坊ちゃんはクルト坊ちゃんですよ」

「そもそも同列なのがおかしいだろ」

「ぷっ……デニス坊ちゃん……」

デニスは幼くして母を亡くし、この乳母のドゥーサに育てて貰ったと言っていた。どうやら未だに子ども扱いされているようだ。

そしてデニスもドゥーサに頭が上がらないらしい。

その様子がおかしくて思わず吹き出したウェンディがドゥーサに言った。

「はじめましてドゥーサさん。ウェンディ・オウルです。今日からしばらくお世話になります。基本自分たちのことは自分たちでしますが、それ以外でもなるべくお手を煩わせないように気を付けますね」

そのウェンディの言葉を聞き、ドゥーサは寂しそうに言った。

「何を仰ってるんですか、お勤めもされているのですから何から何までこのドゥーサにお任せくださいませ。でもまぁお食事の支度は一緒に出来たら楽しゅうございましょうね」

「なんならメイドを一人雇い入れてもいいと思っている。だからキミは何も気にしなくていいよ」

ドゥーサとデニス、どうやらこの二人はウェンディを甘やかすつもりらしい。

それにしても、ドゥーサは昔からウェンディの話をデニスから聞いていたと言った。

ということはデニスと別れた経緯も知っている訳だろう。そして……。

「あら？　シュシュ」

シュシュの方を見たウェンディがシュシュの姿がないことに驚いた。

今し方まで恥ずかしそうに母親のスカートを摑んでいたはずなのに。

「シュシュならほら、あそこに……」

デニスが視線を向けた方へとウェンディも目を向ける。

するとそこに、階段を下りて来るクルトをぴょんぴょん跳ねて待つ娘の姿があった。

「くゆと！　くゆと！」

「シュシュ、きたんだね！」

幼い従兄妹（いとこ）同士、仲良く再会を喜び合っている。

それを見てドゥーサが破顔する。

「まぁまぁすっかり仲良しさんですねぇ。シュシュお嬢様（じょうさま）、笑っちゃうくらい幼い頃のデニス坊ちゃんにそっくりだこと！」

「笑っちゃうとはなんだ。それにやはりデニス坊ちゃんは勘弁（かんべん）してくれ」

「ふふふ……」

なんやかんやと連れて来られ、本当にこれでいいのかと迷う気持ちは正直まだあるが、こうなったからには仕方ない。

安全な暮らしを手に入れられたと受け入れて、ウェンディはとことん開き直ることにした。

ウェンディとシュシュがデニスの家で暮らし始めて二週間が経（た）った。

近所の男に厭（いや）らしい視線を向けられることもなく下着も盗（ぬす）まれない安全安心な暮らし。

洗濯（せんたく）も便利な洗濯魔道具（まどうぐ）があるおかげであっという間に洗い終わるのだ。

しかも干した洗濯物は夕方前にはドゥーサが取り込んでくれている。

終業後シュシュを託児所に迎えに行ってそのまま帰ると美味しくて温かな食事が用意され、「お疲れ様」と労ってもらえる。

重い荷物を運ぶのも、踏み台を登って高い所にある物を取るのも、魔石灯の球を交換するのも害虫の駆除も全部自分でやらなくてもいいというのだ。

(これは……困るわ。快適すぎる……)

十代後半で両親を亡くしてからずっと自分一人の力で生きてきた。

デニスと恋人だったときは頼るべきところは頼って守られる安心感に包まれていたが、生活はまた別のものだった。

デニスと別れシュシュを産んでからは殊更ガムシャラに生きてきたのだ。

それを……こんな……。

「ウェンディさん、どうせデニス坊ちゃんとクルト坊ちゃんのシャツにアイロンを掛けるんです。この際もう一枚増えたって大して変わりませんよ、さぁさぁ遠慮しないでそのブラウスを渡してくださいな」

「ウェンディ。重い物を運ぶときは呼んでくれと言っただろう？　高いところの物を取るのもそうだ。ゴキ○リ退治？　そんなものは男の仕事だ」

うーん困る、本当に困るのだ。ゴキ○リ退治が男の仕事かどうかは別として、こんなに甘やかされては困る……と、ウェンディは人生初の贅沢な悩みを体験していた。

そしてウェンディが快適なように、シュシュもここでの暮らしは至極快適なようだ。

シュシュのために設えられた可愛い子ども部屋。シュシュの好きなピンクで統一されていて、クルトの部屋と続きになっているため子ども同士自由に行き来して遊んでいる。

デニスやドゥーサがシュシュにと次々に買ってくるぬいぐるみや甘くて美味しいお菓子、そして可愛らしいワンピースは、二歳にしてすでにおしゃまなシュシュのハートを鷲摑みにしているのだ。

加えて皆に蝶よ花よとまるで王女のようにチヤホヤと傅かれている……。

シュシュにこんな生活を覚えさせてしまってはいざ新しい部屋が決まってここを出て元の生活に戻ったとき、再び母子二人だけのつつましい暮らしが辛くなるのは目に見えている。

シュシュがこれ以上贅沢を覚えて、何もかも自分一人の肩にのし掛かる生活に戻れなくなってしまう前に、早くデニス邸から出なくては……。ウェンディは進捗状況をデニスに尋ねてみた。

「デニス、新しい部屋はまだ見つからないの？」

「ひとつ条件に当てはまる部屋があったんだが、隣家が女の出入りが激しい住人らしく、ほぼ毎日夜に女性の嬌声が聞こえるとかで却下したんだ」

「……それは……嫌ね……シュシュには絶対に聞かせたくないわ」

「すまない、もう少し待ってくれ。必ず良い部屋を探すから」

「ええ。ありがとう、よろしくね」

なるべく早く見つかるよう祈るしかない。費用はデニス持ちなのだ。自分で勝手に無理やり選んで金だけ出してくれなんて言えないし、それでまたハズレの物件を引き当てて引っ越しとなれば目も当てられない。

だけどやっぱり出来るだけ早くここを出て行きたい。

恋人時代、デニスに守られ大切にされたかつての日々を彷彿とさせるこの生活が、気付きたくなかった現実を突きつけてくる。

昔と変わらない仕草、口癖、決まって左側にできる芸術的な寝癖。ふと目が合った時に見せる、やわらかな笑顔。

その全てがウェンディの心をかき乱す。そして本当に彼のことがまだ好きなのだと、改めて思い知らされるのだ。

何年経とうと捨てられない想いが、まだ自分の中にあるのだと。

そして別れを告げられたときの傷の痛みが今こうやって再び彼と接するようになったことで、他ならぬデニス自身によって癒されていることを。

悔しいけどそれを認めなくてはならない。

ウェンディの想いは変わらない、だけどデニスはどうなのだろう。

自分の娘であるシュシュに対し父親として愛情を抱いてくれているのはわかった。

(でも私は？　私に対しての愛情は？)

昔と同じ想いで、熱量で、ウェンディに対し愛情を抱いてくれているのだろうか。

(ここに住む様に言われたのも、思えばシュシュの安全の為だものね……)

デニスが今のウェンディをどう思っているのか、それを知りたくなってしまう。

だけど知ってどうする……そんな考えも自分の中にはある。

知ったところで自分たちはもう別れたのだ。

シュシュの親という責任感のみで繫がっているだけの関係。

部屋が決まりここを出ればただの元恋人同士というラベルの付いた、王宮の上司と部下に戻るだけのそんな薄っぺらい関係だ。

デニスはきっと生涯シュシュの父親としての責任は果たしてくれるだろう。

だけど彼は貴族だ。ウェンディとは違う。

何よりも血筋と家門の存続と繁栄を優先させる社会なのだ。

今後また、ベイカー子爵家という家の存続のためにウェンディが捨てられる未来がないとは言いきれない。

それを危惧する思いがあるからこそ、ウェンディはどうしてもデニスに対し素直になることができないのだ。

デニスはそんな面倒くさい女に関わらずとも今後幾らでも素敵な貴族女性と新たに出会うチャンスがある。

素敵な女性と本当の家庭を築いていけるという未来があるのだ。

それを決して忘れてはいけない。一時の感情に流されてはいけない、とウェンディは強く自分を戒めた。

その自らに課した戒めは虫の知らせだったのだろう。

それからすぐに文書課はとある話題で持ち切りになった。

それは、デニス・ベイカー子爵に第二王子肝煎りでの縁談が持ち込まれたというものであった。

それを聞いた時ウェンディはすとん、と何か腑に落ちるものを自分の中で感じた。

やはり、デニスとは結ばれない運命なのだ。

偶然が重なって一瞬再び縁が重なったが所詮はそれだけのこと。

彼はこれから自分の身分に相応しい女性と本当の家庭を持ち、ウェンディはシュシュと二人で身の丈にあった暮らしをしてゆくのだ。

べつに、なんてことはない。元々がそうやって暮らしてきた。何かが変わったわけではないし、何かを失ったわけでもない。

(彼の縁談がサクサクとまとまる前に、早く引っ越さないとね)

きっと王子肝煎りの縁談ならトントン拍子に進んでいくのだろう。

過去の女が、ましてや庶子を勝手に産んでいた女の影など先方に気取られてはいけない。

一日も早くデニスの家を出よう。

そう決めたウェンディに、デニスがランチ時に声を掛けてきた。

「ウェンディ、ちょっといいかな？」

デニスの硬い声に思わず身構えてしまう。

なんだか居心地が悪くて、ウェンディは逃げ腰になってしまった。

「わ、わざわざ王宮で？　家でもいいんじゃない？」

ウェンディがそう言うとデニスは少し困った顔をした。

「家だとシュシュの機嫌によってゆっくり話せない場合もあるから」

「それもそうね……」

シュシュはご機嫌ナナメだとウェンディから離れない。ベッタリくっ付いてずっとぐずぐず言っているのだ。

デニスは一緒に暮らし始めて何度もその様子を見ているのでそう判断したのだろう。

よほど大事な話と見た。部屋のことかそれとも……ウェンディは緊張した面持ちで彼のオフィスへと入った。

デニスはそわそわとした様子でウェンディにソファーに座るよう促す。

しかし自分は座らずに、デスクを背にして立っている。

一体何を言われるのか。

ウェンディはかつてデニスに別れを告げられたときの状況に似ていると思った。

まさか同じ人間に二度も振られるなんて。それを恐れたからこそ、早く彼と離れたかったのに。

ウェンディは想定していた状況がそのまま実現したことに、なんだか悲しいやらおかしいやら複雑な心境になる。

「デニス……」

もうさっさと言って。さっさと話して。

そう思って話を促すために彼の名を呼んだ。

デニスは少し逡巡した様子を見せ、やがて話し出した。

「約束は約束だからな……ちゃんとキミの希望に添う良い部屋を見つけたよ……」

そちらの話か。いや結局はどちらも無関係ではなく同じことだ。ウェンディはそう思い、デニスに返事をした。

「……そう、ありがとう。素敵なお部屋かしら？　シュシュも気に入りそう？　お家賃も良心的だといいのだけれど……」

「なかなか良い部屋だったよ。家賃も交渉してそれなりに抑えてもらった」

「助かるわ。本当にありがとう」

「いや……」

「…………」

部屋の中に沈黙が訪れる。

さっさと話を終わらせてランチを食べよう……。ドゥーサさんが持たせてくれたランチ。今日はロティサリーチキンサンドだって言ってたわ……。そんな現実逃避がまとまらない頭の中に浮かんだ。

話を終わらせるためにウェンディは続きを切り出した。

「直ぐにでも……新しい部屋に引っ越せるのかしら？」

「……ああ。移ろうと思えば……」

「……デニス？」

移ろうと思うも何も移るに決まっているのだが、何故かデニスの歯切れの悪い言い方に引っ掛かりを感じ、ウェンディは彼の顔を見た。

その瞬間、目が合ってどきりとする。デニスの真剣な、思い詰めたような眼差しがウェンディを捉える。

そしてデニスは意を決したようにウェンディに言った。

「ウェンディ。自分からキミとの関係を終わらせておいてこんなことを言うなんて決して許されないとはわかってるんだ。一人でシュシュを産んで育てなければならないような状況に追い込んだ自分の罪の重さもわかっている……それなのにシュシュの父親でいることを許してくれたキミには本当に感謝しているんだ。それ以上を望んではいけないともわかっていて、そう自分に言い聞かせてきた……」

「デニス？」

どうしたのだろう？　急に自分を責め出したデニスをウェンディは見つめる。

「俺はずっと、一生誰とも結婚せずにキミだけを想い続けて生きていこうと決めていた。俺にはもうそれしかできないと思っていたから。だけど……キミと再会した。いや、それでも最初はただキミを見守るだけで良しとせねばと自分に言い聞かせていたんだ。食べ物の差し入れをしたり、書架から本を取ってあげたり転倒しそうになったのを防いだり、それだけで満足せねばと思っていたんだ。だけど……俺との間にできた娘を産み、大切に育ててくれていたことを知った。そしてそんなキミを見て抑えつけていた愛しさが込み上げて堪らなくなり、やっぱりキミを諦められないと思ったんだ」

ウェンディの視線を受け止め、デニスはハッキリと告げる。

「何年経とうとキミへの想いは変わらない。俺はどうしようもなくキミを、ウェンディを愛してるんだ」

「……え……？」

「ウェンディ、今さらなのはわかっている。最低なのも、身勝手だということもわかっている。だけどお願いだ。もう一度だけ俺にチャンスをくれないか？　キミとシュシュを守り、キミたちを愛し、共に生きてゆくチャンスをどうか俺に与えてほしい……！」

必死な顔で言い募るデニスを制するようにウェンディは問いただす。

「ちょっと待って、デニス貴方縁談が来ているんじゃないの？　第二王子殿下直々のご紹介だと聞いたわよ？」

「縁談は打診された瞬間に断った」

「えっ……えぇっ？　そんなことして大丈夫なのっ？　だって、王子殿下肝煎りの縁談なんでしょう？」

「それは……殿下がいつまでもかつての恋人に囚われている俺を見かねて縁談を持ち込んできたんだ」

「そのかつての恋人って……」

「もちろんウェンディ、キミだよ。殿下にはその囚われたままの恋人を今、再び口説いている最中なんだから見合いなんてとんでもないと説明したらわかってくれたよ」

「え？　……え？」

デニスの口からつらつらと明かされる事実に、ウェンディの頭が混乱しそうになる。

そんなウェンディにデニスは言葉を重ね続ける。

「ウェンディ。俺はもう二度と、キミの手を離したくはないんだ。頼む……どうか、どうか俺と共に生きてほしい」

「それは……シュシュの……娘のために？　……父親としての責任を果たすためにそんなことを言ってるの？」

「もちろん、父親としての気持ちもある。でもそれ以上にキミと一緒に生きていきたいんだ。お願いだウェンディ……どうかもう一度、もう一度俺にチャンスをくれっ……頼むっ」

　そう言ってデニスはがばりと頭を下げた。強く握りしめた拳が小さく震えていた。

　その姿を見て嬉しいと思う反面、ずっと抱えている不安がウェンディの心を縛り付けてその場に踏みとどまらせる。

「デニスのその気持ち、とても嬉しい……」

　ウェンディの言葉にデニスが勢いよく顔を上げる。

「じゃあっ……」

「でもっ」

　ウェンディは自分の言葉を被せて、デニスが何か言いかけたのを遮った。

　そして苦しげな表情を浮かべてデニスに言う。

「でも私は、昔みたいに純粋な気持ちで貴方を信じることができないのっ……」

「三年前、貴方は私ではなく家の存続を選んだ。先日打ち明けてくれたから、それは私に借金を背負わせないために貴方が別れを選んだということは理解したの」

真剣な表情で話を聞く、デニスの真っ直ぐな眼差しを受け止めながら、ウェンディは言葉を重ねた。

「でもね、冷たい言い方かもしれないけど、親や兄弟の借金は貴方には関係ないことでしょう？　それでも貴方はそれを何とかする道を選んだ。私ではなく、ベイカー子爵家を選んだのよ……貴族として家名のために生きるのは当然なんでしょう？　でも私は平民なの。祖父は一代限りの男爵位を持っていたそうだけど父もその娘の私も平民なの。かつて身分という壁により別れた経緯を考えると、また同じことの繰り返しとなってしまうのではと考えてしまうのよ。もし結婚してそんな事になったら私はどうすればいいの？　もしそのとき第二子が生まれていたら？　今度は私一人で二人も子どもを育てていかなくてはならなくなるのよ……？」

「それは、なぜ……？」

その不安がどうしても拭えない。

デニスが他の令嬢と噂になったというだけであんなにも胸が痛んで苦しかった。

もし次に何かあればウェンディの心は壊れてしまうだろう。そんな自分が、子ども二人の人生に責任なんて負いきれない。

ウェンディはずっと心の中に秘めていた不安をすべてデニスに向けて吐き出し、彼はウェンディの言葉を途中で遮ることなく最後まで黙って聞いていた。

ウェンディはどうしようもないやるせない気持ちに押し潰されそうになり、思わず俯いてしまう。

そうしないとその場に頽れてしまいそうだったから。

そんなウェンディの体を、温かくて優しい誰かが包みこんだ。

誰かなどと、この部屋にはウェンディとデニスの二人しかいないではないか。

ウェンディは自分がデニスに抱きしめられているのだと理解した。

デニスは力強く、でもウェンディに触れる手はとても優しく彼女を抱きしめる。

「デニ……ス？」

ウェンディが掠れた声でデニスの名をつぶやくと、彼の穏やかな声が耳元に届いた。

「こんなにもキミを傷付けていたことを……俺はわかったつもりでいて少しもわかっていなかったんだな……ごめん、ごめんなウェンディ。本当に俺は馬鹿で酷い男だった。そのときはそれが皆が幸せになる最善手だと思ったのに後になって死ぬほど悔やんだ。何があってもキミの手を離すべきではなかったんだ。苦労をかけるとわかっていても愛しているなら離すべきじゃなかった。一瞬でも諦めて他の女性との結婚を選ぶべきではなかったんだ……」

悲しみと深い後悔、だけどその中に何かが存在しているのを感じた。

抱きしめられ、互いの距離がゼロなせいだろうか。

デニスの感情が染み込むように伝わってくる。

ウェンディはただ黙って彼の話を聞いていた。

「だが死ぬほど後悔した今だからこそ言える。俺はもう絶対に間違えない。たとえこの先何があろうとも、俺はもう二度とキミを離さない。もう絶対に、絶対にキミを手放したりはしない」

「デニス……」

「信じてくれなんて簡単には言えない。でもキミの本心を知り俺の決心はより強いものになった。今まではキミの意思を最優先にしようと思っていたが、やめた。諦めてくれウェンディ。俺は二度とキミと別れるつもりはない。二度と離してなんかやらない。死が互いを分かつまで……いや、死した後もずっと一緒だウェンディ」

そう告げたデニスに力強く抱きしめられる。

「デニスっ……！」

彼の本心が痛いほど伝わってきて、気付けばウェンディも抱きしめ返していた。

デニスのこの気持ちが嘘だとは思えない。

信じたい。信じたいけど、信じるのが怖いと思ってしまう自分がいる。

ウェンディの頭の中はもうめちゃくちゃだった。

考え過ぎて、先ほどから酷い耳鳴りと頭痛を感じる。

ふいに目の前にチカチカと火花の様な光が見えた。

そして唇に凍るような冷たさを感じ、その直後に視界が明滅し、やがて暗転した。

「……まま？」

託児所のお迎えの時間、今日はウェンディではなくデニスが来たことにシュシュは不思議そうにしている。

キョトンとしているシュシュにデニスは言った。

「ママはお熱が出てしまってお家で寝てるんだ。おいで、今日はパパと帰ろう」

デニスがシュシュを抱き上げると不思議そうな顔をしたままこちらを見てくる。

「ぱぱ？」

「そう、パパだ。パパがお迎えに来たよ」

デニスが嬉しそうに言うとシュシュは首をふるふると振った。

「くゆと、いい」

父親である自分ではなくクルトが良いと言われ、デニスは複雑な心境でシュシュに答えた。

「うっ……クルトは今日は家庭教師の日なんだ。パパで我慢してほしい」

「まま」

「ママはお熱で寝んねだよ」

「ぱぱ……」

シュシュは首をふるふると振り続けた。

「お願いします、パパで我慢して下さい……」

デニスはそう希いながらシュシュを抱っこしてトボトボと託児所を出て行く。

後ろから託児所の職員に「お父さん頑張ってください!」と声をかけられたが曖昧な笑みを浮かべるしかできないデニスであった。

デニスのオフィスで話をしていて、突然ウェンディが意識を失った。生来丈夫なウェンディが発熱したのだ。

デニスとの再会、シュシュの誘拐、さらには下着泥棒に引っ越しと、あまりに短期間でいろいろなことが起こったため頭も身体も疲労が限界にきてしまったのだろう。

前々から色々と思い悩んでいたウェンディに相当な精神的負荷を与えてしまったのだ。

主な要因であるデニスは責任を感じつつも、自分の言を撤回する気はなかった。

シュシュに「お前じゃない」と首を振られ続けて心を抉られたとしても、ウェンディの発熱に対し負い目のあるデニスは娘のその静かなる抗議を甘んじて受けながら帰宅したのであった。

その頃、ウェンディは熱のせいでうつらうつらとしながら自分自身に呆れていた。子どもでもあるまいし、まさか熱を出して倒れるとは。

(だって連日悩み過ぎて寝不足だったんだもの……)

それに加えての青天の霹靂とも言えるデニスの告白。そのせいで精神の許容範囲の振れ幅が振り切れたのだ。その結果ウェンディは熱を出し、早退の手続きを取りデニスに連れ帰られたのである。

(恥ずかしい……顔から火が出そう……)

顔を赤らめて、ウェンディは頭から布団を被った。

だけど結局デニスとの話し合いは中断したままだ。

彼の告白はとても嬉しかったが、ウェンディの中で過去への蟠りがある限り素直には喜べない。

新しい部屋が決まったのなら、とりあえずはこの家を出て移り住んだ方がいいのだろうか。

それからゆっくり今後のことを自分なりに考えて答えを出そうか。

ウェンディはそんなことを熱のある頭で悶々と考えていた。

だからそのせいで正しい判断が出来ていないのだろう。

デニスのお迎えで託児所から帰り、一目散に母親の枕元へと飛んで来た娘にウェンディはフラフラのボヤついた頭で余計なことを言ってしまったのだ。

「……シュシュ……新しいお部屋が見つかったんだって……お引っ越し……どぉしようか……」

「くゆといっちょ？　ぱぱ？」

「うーん……この家を出るなら、クルトくんともパパともとりあえずバイバイ……かな……」

ぼんやりと娘の顔を見ながらそうつぶやいた。

そして焦点が合っているようで合っていない目で見つめていた、シュシュの瞳がみるみるうちに潤んでいくのを見て、そこでウェンディはようやくハッと我に返ったのである。

「あ……ちが……バイバイという訳じゃ……」

慌てて否定するも既に遅く、シュシュは泣き出してしまった。

「うぇぇぇんっ！　くゆとぉぉーっばいばいやー！　ぱぱぁ！　ばいばいやー！」

「ごめんシュシュ～……ママのうっかりさん……あ……ダメだクラクラする……」

「うわぁぁぁんっ」

その時、大泣きするシュシュの声を聞きつけてデニスとクルトが部屋に飛びこんで来た。

「シュシュっ？」「どうしたっ？」

「くゆと～ふぇぇん……」

部屋に入って来たクルトを見て、シュシュは一目散に駆け寄って抱きついた。

デニスは泣いているシュシュとベッドで困り果てているウェンディを交互に見て、察したようだ。

「あー……部屋のことを話したのか？」

「うん……ついうっかり……ちょっとどうかしてた……」

「元はと言えば俺のせいだよ」

大人二人の会話を聞いて、年齢よりもずっと聡いクルトが言った。

「へや？　ウェンディおばさん、もしかしてひっこすの？」

「まだ決めた訳じゃ……」

「おわかれなんてむりだよっ、もうかぞくとしてくらしてるのに……おねがい！　ぼくとシュシュをひきはなさないでっ……！」

「うっ……」

子どもの純真な目を向けられ切望されると辛い。

返事に詰まるウェンディにデニスが言った。

「さぁ、とにかく病人はゆっくりと寝て療養に努めるべきだ。クルトもシュシュも食堂へ行こう。夕食の支度ができたとドゥーサが言っていたよ」

「……はい。いこう……？　シュシュ」

クルトは聞き分け良く返事をしてシュシュを促した。

シュシュはまだ涙で目を潤ませながらもしっかりとクルトの手を握り頷く。

二人が部屋を出て行くのを見ながらデニスがウェンディに言った。

「キミも今は何も考えずゆっくり休むんだ。後でスープを持ってくるよ」

「うん……ごめんなさい、ありがとう……」

力無くそう言うと、デニスはウェンディの額にそっと手を当ててそこから頭を撫でた。

その感触がくすぐったくて。安心出来て。

「……弱ってる時に優しくするのは反則よ……」

なんだか悔しくてウェンディがそう掠れた小さな声で抗議すると、びっくりするくらい優しげな眼差しを向けられた。

「絆されて欲しいからどんどん優しくしよう。ずるくてごめんな？」

本当にずるい。

このまま何も考えずにチョロリと絆されてしまえればどれだけ楽だろう。

ウェンディはそんなことを考えながら、深い眠りへと落ちていった。

挿話　ちびっ子たちの企て

　ウェンディが引っ越しを考えていることを知ったクルトとシュシュ。

　勿論まだ二歳のシュシュにはそれがどういう意味なのかよくわかってはいないのだが、大好きなクルトとお別れしなくてはならないことは幼いながらにも何となくわかったのだった。

　ウェンディが熱を出しているため、シュシュの希望でその夜はクルトのベッドで一緒に眠ることになった。

　ここは父親として娘を寝かしつけねば！　と、初めてシュシュの添い寝ができるかもしれないと期待したデニスが絶望に打ちひしがれたのは言うまでもない。

　そんなデニスを他所に仲良し従兄妹は早くもベッドの中である。

　ライオンの形をした常夜灯ランプの灯りが優しく灯る室内でクルトが言った。

「……ウェンディおばさん、ほんとうにこのいえをでていくつもりなのかな……」

　クルトのその言葉を聞き、それまでクルトと一緒に眠れることが嬉しくてはしゃいでいたシュシュの表情が一瞬で暗くなる。

「ばいばい、いや……」

「ぼくもシュシュとおわかれなんてイヤだよ」

「くゆと、ばいばいしない!」

「そうだよね。ぼくもぜったいしたくない……それなら、このいえをでていけないようにすればいいんだ」

　クルトは名案が閃(ひらめ)いたらしく、物憂(ものう)げだった瞳がイキイキと輝(かがや)き出す。

「ひっこしがきまったら、ぼくとシュシュでこのへやにたてこもろう!」

「たてもり?」

　その言葉を聞いたシュシュがキョトンとすると、クルトはくすりと笑ってシュシュに答えた。

「たてこもり、だよ。ジュースやおかしやパンをいっぱいよういして、このへやからでないようにするんだ」

「おかち? じゅーしゅ!」

「このへやにはおもちゃも絵本もたくさんあるし、たべものさえあればいくらでもふたりでくらせるよ!」

「くゆといっちょ?」

「うん。ずっといっしょだよ。それをウェンディおばさんやデニスおじさんにみとめてもらうんだ！」

「いっちょ！　くゆと！　おかち！」

シュシュは立て籠りの意味は理解してはいないが、クルトと二人で美味しいお菓子を食べて玩具で遊べることにワクワクしているようだ。

「そうときまればあしたからすこしずつ、おかしやパンをこのへやにかくそう。そしていざとなったらジュースやミルクをもってへやにカギをかけるんだ」

「みゆくもっ？　やったー！」

食い意地が張っているシュシュとは違って、クルトは綿密な計画をたてている。

「まずは……クッキーやキャラメルやチョコとか、ひもちがするおかしをあつめるとして……それをどこにかくそうか？　ドゥーサがそうじしてもきづかれないばしょ……ほんだなのほんのうしろとか、おもちゃばこのなかとか……」

「ますまろすち！」

「シュシュはマシュマロがすきだもんね。よし、マシュマロがたべたいといって、ドゥーサにかってきてもらおう」

「わーい！」

無邪気に喜ぶシュシュにクルトは言う。

「ぼくたちがずっといっしょにくらせるように、がんばろうねシュシュ。おとなたちにはまけないぞ」

「うん！　がんばゆ！」

「だけどシュシュ、この〝けいかく〟はぜったいにウェンディおばさんにいっちゃダメだよ？」

「どぅちて？」

「バレたらへやにたてこもれなくなるからだよ。だからないしょ」

「うん！　ないちょ！」

「シュシュはかしこいイイコだね」

「くゆとすち！」

「ぼくもシュシュがだいすきだよ」

夜の帳に包まれるベイカー家で幼い従兄妹たちがそんな策を講じているとは思いもしないウェンディは、隣に娘が居ない寂しさを感じながら眠るのであった。

第八章 暴挙

「え？　保釈されたの？」

熱もすっかり下がったウェンディはデニスから、ジャスリン・ラナスが保釈されたことを聞かされた。

「ああ。父親であるラナス子爵が多額の保釈金を支払い、留置所から出したそうだ」

デニスが苦虫を噛み潰したような顔でそう答える。

違法魔法薬の使用により勾留されていたジャスリン。

貴族籍を有する人間は、罪の重さにもよるが裁判まで逃走の恐れがないと判断されると、裁判所が定めた保釈金を支払うことで条件付きで釈放して貰えるとは聞いたことがある。

違法魔法薬の使用により勾留されたジャスリンもその制度で出てきたのだ。

ウェンディのような平民には関わりのない、貴族だけの特権的な制度だ。

「まぁ……貴族令嬢が留置所暮らしなんて耐えられるわけがないわよね……そりゃあ親御さんとしてはお金を積んででも出してあげたいと思うでしょう……」

自身も娘を持つ身であるウェンディがしみじみと言うと、デニスはさらに眉間にシワを寄せてしかめっ面をする。

「……俺としてはこの期に及んでまだ娘を甘やかすのかと呆れてものが言えない。きちんと自分の罪と向き合う機会を潰して、それが本当に子のためになると思っているのだろうか」

「思っていないから、奔放で倫理観のゆるい娘になったんじゃない？　でも貴方もジャスリンさんのご両親と同じ立場になれば保釈金を積み上げているかもしれないわよ？」

「シュシュのためならたとえ借金をしてでも保釈金を用意するが、そもそもシュシュはそんな人間にはならない。なるはずがない」

「まぁ。親の贔屓目なの？」

「キミが大切に育ててきたシュシュが悪い子に育つわけがないだろう？　俺ももちろんあの子がもし道を踏み外しそうになったら、そのときどんな立場でいようとも全力で向き合うつもりだ」

「……そうね。あの子が正しい生き方ができる人間になれるように、私の人生のすべてを捧げるわ」

　デニスと二人、シュシュの親として会話が普通にできていることがなんだか不思議で、なんだか擽ったい。

　ウェンディは自分の中で渦巻く複雑な心境の片隅にある温かなものに触れたような気が

した。

そして話はそのまま別の話題になり、ジャスリン・ラナスの保釈の件はもう話題に上ることはなかった。


だけどそれから数日して、ウェンディは時折誰かの視線を感じるようになった。

初めは気のせいだと思っていたのだ。

誰かに見られているような感覚を肌で感じるが、こういう場合は大抵が自分ではなく近くにいた他の人間が視線の対象だったりして自意識過剰な自分が居た堪れなくなったりするのだが、なんだかそれとは様子が違うような感覚がするのだ。

(何かしら……やっぱり気のせい？　……でも、なんかいやな感じがするのよね……)

ウェンディはそんな気味の悪い感覚がここ数日続いていることをデニスに相談しようかと迷っていた。

だがあくまでも〝気のせい〟である可能性もあることが、ウェンディにそれを思い留まらせていた。

もっと早くにちゃんとデニスに相談していたのならこんなことにはならなかっただろう。

ウェンディは今、それを痛感し深く後悔していた。

「……一体どういうつもりなんですか？」

王宮内の一室。普段あまり使われていない備品室に、警戒心を露わにしたウェンディの声が響いた。

数分前、書庫に用事があったウェンディが王宮内を歩いていると、ふいに後ろから声を掛けられたのだ。

「ウェンディ・オウル！」

名指しで呼び捨てにされ、驚いたウェンディがその相手の方へと視線を向けると、なんとそこにはそこに居るはずのない人物が立っていた。

「……ジャスリンさん？　貴女は確か今、保釈中でしたよね？　保釈中は行動制限をされていて、ましてや王宮への出入りは認められていないはずじゃ……っわっ……？」

ジャスリンに向けた言葉は、突然脇から出て来た男により途中で遮られてしまった。

男はウェンディの腕を掴み、すぐ側にあった備品室に押し込めたのだ。部屋の奥へと追いやられるウェンディを悠然と見ながら、ジャスリンも備品室へと入って来る。

「自分の家で軟禁なんて、そんなのあってないようなものよ。外出くらい簡単にできるわ。それに王宮へも門衛騎士であるこの元カレに頼んだら、ナイショで入れてくれたわ。それ以前から彼に頼んで貴女の行動を把握してもらっていたの。王宮に勤める彼ならそれが可能だもの」

悪びれることもなく答えるジャスリンに、ウェンディは呆れてモノも言えなくなった。

なるほど。近頃感じていた妙な視線はこの男のものだったのか。

それにしてもこのジャスリンの所業は常軌を逸している。

「そ、それって……自身の罪を増やしているだけでは……？」

「うるさいわね！　誰かに見つかる前に王宮を出て自邸に戻れば何も無かったのと同じよ！」

「なんていい加減な考え方なの」

ウェンディが呆れ顔でそう言うと、ジャスリンは癇癪を起こして喚き散らしてきた。

「もうっ！　貴女本当にうるさいわっ！　私の人生、貴女のせいでめちゃくちゃなのよっ！」

「え、それって私のせいですか？　全て自分の身から出た錆でしょう？」

「違うわ！　デニス様との再婚が旨くいかなかったのも、違法魔法薬使用がバレて捕まったのも全て貴女のせいよっ！　貴女がさっさとデニス様の前から消えていれば全部思いどおりになったのに！」

「いいえ？　そうはなってなかったと思いますよ？　というか言っていることが破茶滅茶理不尽なんですが」

「うるさい！　うるさいうるさいうるさいっ！　貴女のせいで私は修道院送りになるのよっ！　規定通り裁判をすることになっているけれど、結果はわかりきっていることじゃない！　酷いわ！」

ヒステリックな金切り声でジャスリンがそう言うとウェンディは肩を竦めてため息を吐いた。

「まぁそうなるでしょうね。でも違法魔法薬使用で修道院なら罰としてはまだ軽い方では？　さすがはお貴族さまですね」

「まぁー！　本当に嫌な女ね貴女って！」

「お互いさまでしょう？」

「一緒にしないでよっ！」

「それはこちらのセリフなのですが」

「キーーーッ!!」

その時、女同士の終わりなき応酬を見かねたジャスリンの元カレだという騎士が口を挟んできた。

「おいおいジャスリン、あまり騒ぎ立てない方がいいぜ？　もし誰かに見つかったら、お前だけじゃなく俺だってヤバいんだからよ」

保釈中の人間を秘密裏に王宮敷地内に招き入れたのだ、当然事が露見すればこの騎士もただでは済まされない。

それを案じた騎士がジャスリンに告げる。

「お前はこのウェンディとかいう女に報復したいんだろ？　それが目的でわざわざ王宮まで来たんだろが。街中より意外と王宮内の方が、場所によっては人に見られることがないからな」

「そうよ。それを前々から聞いていたから王宮内でこの女を懲らしめてやろうと考えたのよ！」

「じゃあさっさとやってしまおうぜ」

　ジャスリンと男がとんでもないことを二人で話している。

それでは何か？　ジャスリンは勝手に逆恨みを募らせたウェンディに物理的な報復をするために、こんなことを仕出かしているというのか。

（こ、これは……）

かなり不味い状況だ。

無理やり押し込められたこの備品室は人の通りの少ない閑散としたエリアにある。

少しくらい大きな声を出しても周りに人が居なければ誰の耳に届くこともなく徒労に終わってしまう。

　加えて出入り口はジャスリンと男に押さえられているし、備品室の窓は防犯のために施錠されていて逃げ道がない。

　ここで危害を加えられたら……。

絶体絶命のこの危機からどう逃れようか、ウェンディは必死になって考えた。

そんなウェンディを嘲笑うようにジャスリンが男に言う。

「ふふっ……そうよね、こんな女と話している時間が惜しいわよね。じゃあお願いした通りにこの女を痛めつけて」

「女に暴力を振るうのは騎士道に反することだがよ……報酬はちゃんと弾んでくれんだよな？」

「ええ。お金はちゃんと約束通り支払うわ。だからこの女が二度とデニス様の前に出られないように滅茶苦茶にしてちょうだい」

なんて恐ろしいことを言うのか。

ジャスリンの思考の異常性にウェンディは空恐ろしさを感じた。

じりじりと後退り、男やジャスリンから距離を取りながらウェンディは言う。

「こ、こんなことしてっ……ただで済むと思っているのっ……？」

男は下卑た笑みを浮かべながらウェンディが離れた分、ゆっくりと距離を詰めてくる。

「そこはあんま心配してねぇんだよなぁ。恐怖支配といってな、極限まで恐怖を植え付けて余計なことを話せなくさせる方法があるんだよ。アンタはどのくらい恐怖を与えたら、俺の支配下になるのかなぁ？　楽しみだよなぁ？」

「あ、あなたなんかに屈するもんですかっ！　そ、それ以上近付かないでっ！」

ウェンディの様子を見て、ジャスリンが楽しそうに高笑いをした。

「あははっ！　声が上擦っているわよ？　無様に怯えちゃって、いい気味だわ！」

あのバカ女、さっさと殴っておけばよかったとウェンディは心の中で歯噛みする。

泰然として迫り来る男を睨みつけながらも後退りをしていたウェンディだが、やがて背中が壁に付き追い詰められてしまった。

「どうした？　もう逃げないのか？」

男が徐々に近付いてくる。

ウェンディの背中が凍るように冷たく感じるのは接している壁のせいか、それとも滲み出る冷や汗のせいか。

「だ、誰かっ……！」

誰でもいい。助けて。この絶望的な状況から助け出してほしい。取り返しがつかなくなる前に。

私を、ちゃんとシュシュの元へと帰らせて。

誰か、誰か。

ウェンディはそう強く願い、訴える。

そんな時でも脳裏に浮かぶのはただ一人。

誰か、なんかじゃない。助けて欲しいと願うのは、ただ一人だ。

「……助けて、デニス……」

自然と彼の名が口に出ていた。

その瞬間、まるでウェンディの呼びかけに応えるかのように備品室の扉がもの凄い勢いで蹴破られた。

凄まじい音を立て、外部から破壊された衝撃で側に居たジャスリンはもちろん、ウェンディに迫っていた男も薙ぎ倒される。

「きゃあっ⁉」

「うわあっ⁉」

二人の悲鳴がウェンディの耳に届く。

だけどウェンディは無様に床に這い蹲る二人には目もくれずに、破壊された出入り口に立つ人物を一心に見つめた。

そして呆然としながらもその名を口にする。

「……デニス……」

「大丈夫かウェンディっ？」

そこには額に汗を滲ませ、焦りを露わにしたデニスが立っていた。

「ウェンディ、無事かっ⁉」

「……デニス……」

まさかのピンチに駆けつけたデニスを、ウェンディは呆然として見つめた。

急いで来てくれたのだろう、デニスは肩で息をしながら顎をつたう汗を拭っている。

彼の姿を見た途端、ウェンディは心の底から安堵した。

来てくれた。助けに。他の誰でもない、デニスが。

その安心感と嬉しさが波紋のようにウェンディの心に広がっていく。

と同時に、一瞬で緊張感から解放された反動か、全身から力が抜けてウェンディは膝から頽れた。

「っウェンディ！」

デニスは瞬発的に飛び出してウェンディの体を支えてくれた。

彼の懐に入り、安心できる彼の香りと温かな体温に触れてしまうともう駄目だった。

決して屈するものかと気丈に振舞っていた虚勢が剝がれ落ちて脆い部分がむき出しになる。

「こ、怖かった……」

安堵した途端に漏れ出す本音と共に涙もこぼれ落ちた。

ウェンディの涙を見て、デニスは堪らず彼女を抱き寄せる。

「もう大丈夫だ……ウェンディ、大丈夫だから……」

デニスはそう言いながら落ち着かせるためにウェンディの背中を優しくさすってくれる。

氷のように強ばった背中が温かく解れていくのがわかった。

同時に自分の心の強ばりも……。

そんなウェンディとデニスの耳に、ジャスリンと騎士の男の小さな呻き声が届く。

「いっ……痛ぁい……やだ、ドアの木片が当たって血が出てるじゃないっ……」

「うっ……く、くそっ、こんな頑丈なドアをぶち破るなんて、バケモノかよっ」

デニスはウェンディを立たせてやりながら二人を冷ややかに見下ろした。

「瞬発的な肉体強化魔法を掛ければ簡単なことだ。……貴様ら、ただで済むと思うなよ」

男は焦りを滲ませてデニスに言う。

「な、なぜこんなにも早くバレたんだっ？　ジャスリンが王宮内に入って、まだそんな時間は経っていねぇはずだっ」

「城門の門衛であることを利用したのだろうが浅慮だな。王宮敷地内に入る人間の管理を、門衛だけに任せていると思っていたのか？　城門だけでなく、敷地内への出入り口は様々な人間が何重にもチェックしているのだ。そのうちのひとつの機関から連絡を受けた。保釈中のジャスリン・ラナスが王宮敷地内に侵入したとな」

「ひとつの機関……王家の隠密かっ……」

「無駄な抵抗をして逃げようなんて思うなよ？　この備品室は既に包囲されている」

「っな……！」

デニスの言葉を裏付けるように、数名の騎士たちが備品室に入って来た。

出入り口にも当然騎士が配置されている。

それを見た男は「くそがっ……」と小さく悪態を吐いて、その場にしゃがみ込んだ。

ジャスリンは必死になってデニスに言い訳をした。

「デニス様っ……！　違うんですっ、これは……その、そう！　この男に誑かされてっ……！」

「はぁっ!?　なに言ってんだジャスリン！　お前が俺に頼んできたんだろがっ！」

「うるさいわね！　黙っててよ！」

「罪を擦り付けられて黙っていられるワケがねぇだろっ！」

「なによっ！」

ジャスリンと男の醜いやり取りをウェンディは辟易として見つめていた。

バレなければいい、どうせバレやしない。そんな安易な考えで罪を犯しておいて、いざそれが露見すれば互いに罵り合いながら罪を擦り付け合う。

こんな人間たちに傷付けられそうだったなんて悔し過ぎる。

ウェンディはもう二人を視界に入れるのも不愉快だとばかりに、デニスの腕の中で顔を背けた。

それを見てウェンディの心情に気付いたデニスが騎士たちに告げる。

「こいつらを連行し、北の凶悪犯用の独房にぶち込んでくれ。殿下の許可は頂いている。それからジャスリン・ラナスについては裁判所にも連絡を」

「承知しました」

デニスの指示を受け、騎士たちが動き出す。

「ちょっ……嫌よ放してっ！　どうしてこんなことになるのっ!?　私はこれからどうなるのっ!?」

先日と同じようにジャスリンはヒステリックに喚き散らしながら、騎士たちに連行されて行く。

男は既に観念したのか、大人しく同じ騎士団の仲間であった騎士たちに連れて行かれた。

ジャスリンの後ろ姿を見ながらデニスが毒突く。

「あんな女を安易に保釈するからこんなことになるんだ」

そしてデニスはウェンディに向き直り、今度は別人のように情けない顔をした。

「すまないウェンディ。ベイカー家の過去の縁談のせいでキミに嫌な思いをさせてしまった。ジャスリン・ラナスが王宮に入ったと聞き、すぐにあの女の狙いがキミだとわかって駆け付けたんだが怖い思いをさせてしまった……本当にごめん……」

「備品室の扉って、防犯のためにかなり頑丈に作られているのに、よくあんなのを蹴破れたわね」

「キミの気を追って、捜し出すのに少々手間取った。もう手段を選んでいられないと思ったんだよ。だから王子殿下に報告して協力を願い出て、王宮魔術師に肉体強化の魔法を掛けてもらった」

「貴方、王子殿下に協力させ過ぎじゃない？」

「良いんだ、学生時代に彼の面倒事を何度も片付けた貸しを返してもらってるだけだ。それに貸しはもうひとつあって、それも返してもらえることになった」

「え？　何？」

ウェンディが尋ねると、デニスはウェンディの両手を取った。

「デニス？」

「ウェンディ。先日キミに話した俺の気持ちは本物だ。本心で本当の、今も昔も変わらないキミへの想いだ。一度は別れを告げたけど、キミへの想いだけは消えることなどなかった。それだけは信じて欲しい」

「……」

「本当に今さらでごめん。でもやはりどうしても諦められないし、諦めるつもりもない。だがキミは俺を許さなくていい、一生罵ってくれていいんだ。俺に、それを償いながらキミとシュシュを幸せにする権利を与えてくれ。俺にキミたちを守る権利を。どうか、どうか俺と結婚して欲しい……！」

真っ直ぐ、一心に見つめてくる瞳に迷いは一切感じられなかった。

迷いに迷い、揺れているのはウェンディの方だ。ウェンディは声を押し出すように告げた。

「……でも……やはり無理よ……次男の立場だった頃ならいざ知らず、今の貴方は家督を継いでベイカー子爵よ。それに比べて私は平民。貴族と平民の結婚なんて、貴族院が認めてくれないわ」

「それなら問題ない。第二王子に貸しを返してもらうもうひとつのことがこれだ。俺は当然シュシュを我が子として認知する。シュシュはベイカー子爵家の娘だ。そしてその生母であるキミとの婚姻の許可を王子殿下を通して貴族院に認めさせた。キミを王宮の文官に紹介してくれたかつての上司である男爵夫妻がキミの後見人となってくれたのも大きい。必要とあらば養子縁組しても良いとまで言ってくれたよ」

「え、ええっ!? いつの間にそんなっ!?」

ウェンディは驚き過ぎて思わず大声を出してしまった。

だけどそれくらいは許してほしい。だって本当に驚いたのだから。

「ウェンディ……頼む、お願いだ。どうか俺をキミとシュシュの家族にして欲しい。愛してるんだ、キミとシュシュを。もうどうしたって手放してやれないっ……」

デニスの瞳から涙が一粒零れ落ちた。それを見て毒気を抜かれたようにウェンディがつぶやく。

「……デニスの涙って初めて見たわ……」

そしてウェンディは優しくデニスの目元に触れた。

デニスは目を閉じてそれを受け入れている。

「キミは知らないだろうけど、俺は結構泣き虫なんだよ」

「うそ。いつも堂々と貴族然としている貴方が？」

「本当だよ。キミと別れた時はしばらく一人隠れて泣いていた。そしてじつはシュシュと初めて会った日の夜もこっそり泣いたんだ。キミに情けない奴と思われたくなくていつも必死なんだよ……」

力なくそう打ち明けるデニスが情けなくも可愛く見えてしまう。

ウェンディはデニスの顔を覗き込むように尋ねる。

「本当に？」

「ああ。いつだって俺の心を揺さぶるのはウェンディ、キミだよ。そして今はシュシュもそうだな」

「デニス……」

「だからウェンディ……どうか、どうか」

デニスは目を閉じたまま静かに懇願する。

かつて別れを告げられた時、ウェンディも散々泣いた。

泣いて泣いて、泣き尽くした時にシュシュの存在を知った。

その時、同じようにデニスも泣いていたのかと思うと切なくなった。

ウェンディにはシュシュがいたがデニスは一人で泣き続けたのだろう。挙げ句の果てには領地領民を失い父も失った。

その中でクルトを得た救いもあっただろうが、失ったものの多さに涙した日はデニスの方が多いのではないだろうか。

ウェンディも目を閉じる。瞼の裏にはかつての自分がいた。

デニスと別れ、悲しみに押しつぶされながら涙したかつての自分が、もういい……もういいよと言う。

そして次に最愛の娘の笑顔が浮かぶ。娘が成長してゆく喜びを、父親である彼と共にわかち合いたいと心から思えた。

だってこんなにもデニスは真っ直ぐな愛情を向けてくれているのだから。

ウェンディはそっと目を開け、目の前の愛しい人の名前を呼ぶ。

「デニス」

名を呼ばれ、目を開けようとしたデニスに、唇を重ねた。

懐かしくて堪らない、一日だって忘れたことのない、大好きな人の温もりだ。

ウェンディから重ねられたその口づけが彼女からの答えだとデニスにもわかった。

一瞬唇を離し、すぐにまた重ねる。

今度はデニスから。触れるだけの、啄むような優しい口づけを何度も。

やがて唇が離れ、互いの顔を見つめ合う。ウェンディは思わず微笑んだ。

「ふふ。デニス、貴方なんて表情をしてるの」

嬉し泣きで顔をくしゃくしゃにするデニスが言う。

「だって、だってだな……」

「わかってるわ」

ウェンディはそう言ってもう一度、つま先立ってデニスに口づけをした。

その昔、公平で頼もしく、常に堂々としたデニスを好きになった。

そして今、自分を愛していると言い涙を流すデニスを、三年前よりもっと好きだと感じるウェンディだった。

エピローグ ✤ そして家族になってゆく

ウェンディとデニス、二人がもう一度やり直すと決めたその夜。

二人揃(そろ)って家に帰ると、なんとシュシュとクルトが子ども部屋に立てこもっているとドゥーサから聞かされた。

「クルト坊(ぼっ)ちゃんもシュシュお嬢様(じょうさま)もお菓子(かし)とジュースを持ち込んでお部屋から出ないおつもりのようですよ」

「なぜ？　どうして？」

面食(めんく)らったウェンディがそう言うと、ドゥーサの眉尻(まゆじり)がいかにも困ったと言わんばかりに下がる。

「引っ越(こ)しをなんとしても阻止(そし)したいのでしょうね。坊ちゃんもお嬢様もとても仲がおよろしいですから……お別れしたくないお二人の精一杯(せいいっぱい)の抵抗(ていこう)でしょう」

ドゥーサのその言葉を受け、デニスが額を押さえてつぶやいた。

「籠城(ろうじょう)か……」

「籠城っ？　まさかあんな幼い子どもたちがそんなことを思いつくなんて……」

「クルトの思いつきだろう。あの子は利発で実年齢よりも精神年齢が上回っているからな。どこかで得た知識を行動に移したんだろう」

「ど、どうしましょう……」

困り果てたウェンディがそう言うと、デニスは落ち着いた声色で告げる。

「ちょうどいい。二人にきちんと話そう」

「……そうね」

ウェンディはゆっくりと頷いた。


そうしてウェンディとデニスは二階に上がり、子ども部屋のドアの前に立つ。

そして中の子どもたちに聞こえるように話しかけた。

「クルト、シュシュ。お話があるんだ。ドアを開けて欲しい」

するとドア越しにクルトの声が聞こえた。

「おひっこしのはなしならイヤだよ」

「引っ越しはしない。ウェンディもシュシュもずっとこの家で暮らすことになったんだ」

デニスがそう言うと、中で小さくクルトが息を呑む声が聞こえた。

そして少しの間を置いて「ほんとう……？」と言った。

デニスはドアに向かって頷く。

い」

「本当だ。今日、ウェンディと話し合って決めたんだ。だからここを開けて出て来てほしい」

「二人とも、何も心配しなくても大丈夫よ」

ウェンディが優しく語りかけると中からシュシュの「ままだ！」と言う声が聞こえた。

そしてややあって、子ども部屋のドアが開く。

とその途端に、今日は託児所がお休みだったシュシュが母親に抱きついてきた。

「ままおちゃえり！」

「ただいまシュシュ。いい子にしてた？」

「うん！　くゆととおかち、おいちーの」

「そう。クルトくんと仲良くお菓子を食べていたのね」

立て籠りもあくまで遊びのひとつであったシュシュが嬉しそうにしている。対して明確な意思を持って立て籠りを決行したクルトが真剣な眼差しでデニスとウェンディを見た。

「さっきのはほんとう？　ほんとうにみんなでずっといっしょにくらせるの？」

真っ直ぐにそう尋ねられ、デニスはしっかりと頷く。

「ああ。ずっと一緒だ」

「よかったぁ……！」

クルトが安堵の息を吐くのを見て、大人の都合で幼い子どもの心に負担を強いたことにウェンディの胸が痛んだ。

次にデニスは屈んで目線を合わせ、シュシュに言う。

「シュシュ、今まで一緒に暮らせなくてごめんな。これからはずっと一緒にいると約束するよ。だからどうかパパをシュシュのパパにしてほしい」

二歳の子にどこまで理解出来るかなんてわからない。

でも子どもは子どもなりにちゃんとわかってくれるのではないかと考え、デニスはシュシュに話をした。

たとえ理解できなくてもいい。シュシュと一緒にいたいという気持ちが伝わればそれでいいのだ。

デニスはそう思い、娘にきちんと話をすると決めた。

シュシュはそんなデニスの顔をじっと見て、そして言った。

「ぱぱいっちょ？」

「ああ。ずっと一緒だ」

「すすのぱぱ？」

「ああ。パパはずっとシュシュのパパだ」

シュシュはクルトの方を見て、再びデニスに言う。

「くゆといっちょ？」

「もちろん、クルトもずっと一緒だよ」

「いっちょ！　くゆといっちょ！」

シュシュは嬉しそうに満面の笑みを浮かべた。

そしてクルトの元へと一目散に駆け寄り、「いっちょ！」と言いながら部屋の中でくるくると回っている。

「やった！　よかった！　シュシュ、これからもずっといっしょだね！」

クルトも満面の笑みを浮かべている。

「わーい！　くゆと！　いっちょ！」

心から嬉しそうな子どもたちの様子を見ながら、デニスはウェンディに言った。

「……これは……シュシュの場合、クルトと一緒に暮らせることの方を喜んでいるのでは……？」

「ぷっ……ごめん、私がシュシュにクルトくんとバイバイかもなんて言ったから。お別れしなくていい嬉しさが勝ったのね」

「いや、いいんだ。これからだ。これからゆっくり時間をかけてシュシュに父親だと認めてもらえるよう頑張るよ」

「もう案外認めてもらえてると思うわよ？」

「え？」

ウェンディの言葉にデニスが反応したその時、くるくる回っていたシュシュが突然止まってデニスを呼んだ。

「ぱぱ！」

「うん？」

シュシュはデニスの膝に乗ろうとしてよじ登った。デニスはシュシュを抱き上げて膝に乗せてやる。そしてシュシュがデニスに言った。

「ぱぱ、すち！」

そう言って、シュシュはデニスの頬にぶちゅっと小さな唇を押し付けた。

「…………！」

瞬間、デニスは固まった。

シュシュはデニスの膝から今度は隣に座るウェンディのお膝にやって来る。

そして「ましゅきー！」と言ってウェンディの頬にもチュッとキスをしてくれた。ウェンディは娘を抱きしめる。

「ママもシュシュが大好きよ～」

「きゃーっ」

「ぼくもシュシュがすき！」

「っ……、俺も、俺もお前たちが大好きだ――!!」

感極まったデニスが涙を流しながら、母娘と甥をがばりとまとめて抱きしめた。

「あはははっ」

賑やかで楽しい笑い声が部屋の中に響く。

ようやくあるべき形となった、家族としての幸せな時間だった。


「まま、どーなちゅのね」

「はいはいドーナツヘアね。かしこまり〜」

シュシュに〝今日のヘアスタイル〟を指定され、ウェンディは今朝もせっせと娘の髪を結う。

ドーナツヘアとは、ツインテールを三つ編みにしてそれをドーナツのように輪っかにするヘアスタイルだ。

このヘアスタイルをご所望の時、シュシュは大抵ドーナツを食べたいと思っている。

なので次のお休みの日はドーナツを作ってあげようとウェンディは考えていた。

ドゥーサがシュシュの頭を見て微笑んだ。

「なんてお可愛らしい髪型なんでしょう。シュシュお嬢様はオシャレさんですねぇ」

じつは洒落っ気よりも食い気が勝っているとは娘のために言わないでおく。

「どーなちゅ！」

シュシュが結い終わった頭を見せながら得意気に言った。

「とってもよくお似合いですよ」

「うん！」

ドゥーサに褒めてもらえてシュシュは嬉しそうだ。

そしてデニスとクルトの元へと駆け寄り、ヘアスタイルを披露する。二人にも褒めてもらいたいのだろう。

「くゆと、ぱぱ、どーなちゅよ」

得意げに髪型を見せるシュシュにデニスが言った。

「なんて可愛くて美味しそうなドーナツなんだ。思わず食べてしまいたくなるよ」

「シュシュはどんなヘアスタイルもにあうね」

男二人は小さな令嬢に賛辞を惜しまない。

「じゃあ今日はお土産にドーナツを買ってこよう。二人とも、どんなドーナツがいい？」

とデニスが言うと子どもたちは喜んだ。

「いちこ！」

「デニスおじさん、ぼくチョコレートのドーナツがいい」

子どもたちにドーナツのお土産を約束するデニスを、ウェンディはじっと見つめた。

本当に色んなことがあった。びっくりしたことも嬉しかったことも。

その後、ジャスリン・ラナスは貴族籍を剥奪され平民となり修道院ではなく、重犯罪者が収容される北方の監獄送りとなった。そこで十年の労役刑に処されるという。

ジャスリンに金で雇われた彼女の元カレも騎士のライセンスを失い、労役中とのことだ。


そしてほどなくして、ウェンディはデニスと結婚し、ささやかながらも結婚式を挙げる事となった。

参列客にはウェンディとデニスのかつての職場の上司夫妻や友人たち、そして王宮の同僚たちを招いている。

ウェンディの後見となって貰うことからも、前の上司夫妻には事前に結婚の挨拶に行った。

二人とも、デニスとウェンディの復縁を驚きながらも良かったと喜んでくれたのだ。

ウェンディが一人でシュシュを産み育てていたことを知っているのだから尚さらだろう。

式に参列してもらった王宮の同僚たちは、二人がかつて恋人同士であったこと、既に子どもがいたことを結婚の報告と共に伝えた時にかなり驚いていたが、それでも紆余曲折の末に結ばれたウェンディとデニスを心から祝福してくれたのであった。

その皆と神と司祭の前で誓いを立てる。

死が二人を分かつまで。未来永劫、互いを生涯の伴侶とし添い遂げることを。

祝福してくれる皆の前で誓うのだ。

すでに父親は亡く、今さらバージンロードも何もないだろうということで最初からデニスと並んでの式場入りをすると決めていた。

デニスの腕に手を添えて、片方には再び幸せが訪れるという花言葉のスズランのブーケを持つ。

そして後ろには「うんしょうんしょ」と言いながら懸命にブーケガールを務める愛娘シュシュの姿があった。

クルトはリングボーイを務めてくれるのだが、覚束ない足取りのシュシュを補助するために一緒に並んでベールも持ってくれている。

ベビーピンクの愛らしいドレスに身を包んだシュシュと、おませにも正装をキメこむクルト。

まるで二人が小さな花嫁と花婿にも見えることから、それを参列客たちは微笑ましげに目尻を下げて見守っていた。

その様子を見て、ウェンディが笑みを浮かべて小声で言う。

「なんだかシュシュとクルトくんの結婚式みたいね」

その言葉を聞き、デニスが一瞬眉間に軽く皺を刻む。

「やめてくれ。シュシュが嫁にいくなど考えたくもない」

「ふふ。今からそんなことを言って、将来どうするつもりなの」

すでに子煩悩なデニスの発言にウェンディがクスクス笑う。それを見たデニスが満ち足りた笑みを浮かべた。

「だから今は、キミとようやく迎えることができたこの瞬間だけに浸っていたいんだ」

「デニス……」

「ウェンディ、綺麗だ。本当に綺麗だよ。俺は世界一幸せな男だ。絶対に、キミを幸せにすると今度こそ誓うよ」

蕩けそうな声色でウェンディに言う。が、教会の司祭の咳払いによる横槍が入った。

「新郎に告げる。誓いを交わすにはまだ早いぞ」

そう言って片目を瞑って見せた司祭に、参列客から笑顔が溢れた。

「……失礼した」

デニスがそう返すと、司祭は祝福の祈りを始めた。そして皆の前で二人が夫婦であると宣言をする。その途端に式場から温かな拍手が起こった。

「幸せに」

「おめでとう」

「ベイカー夫婦とその子どもたちに幸多からんことを願って!」

口々に降りそそぐ祝いの言葉はまるで陽だまりのように温かくて。

ウェンディはようやく結ばれることのできた最愛の夫と子どもたちと共にその温もりをいつまでも感じていたいと心から思った。

その温もりを大切にしながら毎日顔を合わせ、生活を共にする。

そうやって日々を積み重ねて家族になっていくのだ。

これから先には、楽しいことだけでなく悲しいことや辛いことも沢山あるだろう。

それでもきっと何度でも立ち上がり、涙を拭いて前に進んで行くのだ。

愛しい夫と、可愛い子どもたちと共に。

あとがき

はじめましての読者様もそうでない読者様も、この度はウェンディとデニスの物語にお付き合いいただきまして誠にありがとうございました。

作者のキムラましゅろうでございます。

某小説投稿サイトからお読みいただいていた読者様におかれましては、ウェブでの公開時とのストーリーの違いに驚かれたのではないでしょうか。

ざっくりとしたあらすじは変わらずとも、構成の変化に新キャラの登場。

そして何より、デニスとシュシュのファーストコンタクトが全く違うものになっていた事にさぞ驚かれたと思います。

今回、角川ビーンズ文庫様で書籍化するにあたり、担当編集者さんと二人三脚でストーリーを練り、さらに肉付けするべく加筆に加筆を重ね磨き上げた末にこの展開となりました。

投稿サイトでお付き合い下さっている読者様の中では、書きたいところだけを書くサクサク展開の短編作家として知られている作者ですが、担当さんに導かれながら（感謝！）

角川ビーンズ文庫様に相応しい作品になるように書き上げた次第にございます。

そしてそれがとうとう書籍となり、皆様のお手元に届いた事が本当に嬉しくてたまりません。

長々となりましたが、本編、あとがきまでお読みいただいたそこのあなた様に心からお礼を申し上げます。

そして最後に。大人の魅力溢れるデニス、美しく元気なウェンディ、可愛らしすぎるシュシュとクルトを描いてくださった笹原亜美様、刊行に至るまで支えてくれた読者様、家族、友人＋Nの会の皆さん、担当Nさんをはじめ編集部の皆様、全ての方に感謝を込めて。

ありがとうございました。

キムラましゅろう

「政略結婚したはずの元恋人(現上司)に復縁を迫られています」の感想をお寄せください。
おたよりのあて先
〒102-8177　東京都千代田区富士見2-13-3
株式会社KADOKAWA　角川ビーンズ文庫編集部気付
「キムラましゅろう」先生・「笹原亜美」先生
また、編集部へのご意見ご希望は、同じ住所で「ビーンズ文庫編集部」
までお寄せください。

政略結婚したはずの元恋人(現上司)に復縁を迫られています

キムラましゅろう

角川ビーンズ文庫　24485

令和7年1月1日　初版発行

発行者———山下直久
発　行———株式会社KADOKAWA
〒102-8177　東京都千代田区富士見2-13-3
電話 0570-002-301(ナビダイヤル)
印刷所———株式会社暁印刷
製本所———本間製本株式会社
装幀者———micro fish

●お問い合わせ
https://www.kadokawa.co.jp/(「お問い合わせ」へお進みください)
※内容によっては、お答えできない場合があります。
※サポートは日本国内のみとさせていただきます。
※Japanese text only

ISBN978-4-04-115751-0C0193 定価はカバーに表示してあります。　◇◇◇

置き去りにされた
花嫁は、
辺境騎士の
不器用な愛に
気づかない
著／文野さと
イラスト／小島きいち
私が妻だと、バレてはいけない――。
再会から始まる、すれ違い夫婦の物語
結婚式の翌日「必ず迎えに来る」と14歳のリザを置いて領地に去ってしまった夫エルランド。迎えのないまま5年。再び持ち上がった政略結婚から少年の姿で逃げ出したリザを救ったのは、少年が妻だと気づかぬ夫で……
好評発売中！

「俺を裏切った者を一族ごと殺したことがあります」おんぼろ教会の懺悔室を訪れた『血染めの皇帝』。重い懺悔にどん引きながらも全肯定してくれたバイトシスターのリーニャに惚れたと言い出し、押せ押せモードに!?

✦好評発売中！✦

●角川ビーンズ文庫●

この手を離さない
孤独になった令嬢とワケあり軍人の偽装結婚
著／平瀬ほづみ
イラスト／ねぎしきょうこ
「もし機会があるなら、今度こそ——。」
再会した二人の偽装結婚ラブロマンス。
祖父を突然亡くした令嬢・セシア。強欲な叔父が怪しいが証拠もなく、遺産相続の条件は「1か月以内の結婚」。叔父を調査する軍人・ルイと偽装結婚することになるが、彼には生き別れた初恋の人の面影があって——。
好評発売中！

大人な宰相様にたっぷり甘やかされる！
歳の差20歳のむずきゅん溺愛！

伯爵令嬢・ステラは王太子に婚約破棄され、20歳年上の王弟で宰相・ルドヴィクに勢いで結婚を迫ると、逆に求婚されてしまう！彼は王家の責任で結婚してくれるだけなのに、なぜか甘く大切にされて――？

✦好評発売中！✦

わたくしのことが大嫌いな義弟が
護衛騎士になりました
実は溺愛されていたって本当なの!?
シリーズ
好評発売中!
姉弟よりも、護衛よりも、
『距離』近くないですか!?
著／夕日（ゆうひ）　イラスト／眠介（ねむすけ）
突然できた弟ナイジェルを父親の『不義の子』と誤解し当たっていた公爵令嬢ウィレミナ。謝れず数年。義弟が護衛騎士になることに!?　憎まれていたわけではなかったけれど、今度は成長した義弟に翻弄されっぱなし!?

異世界から聖女が来るようなので、
邪魔者は消えようと思います
はすみ りょう
蓮水 涼
イラスト まち
WEB発&大幅加筆★
勘違い王女に、乙女ゲームの
溺愛モードが発動中!?
シリーズ
好評発売中
遠い異国に嫁いだ日、王女フェリシアに前世の記憶が蘇る。
この世界は乙女ゲームで、王太子は異世界から来る聖女と
恋仲になり邪魔者は処刑！　破滅回避のため城を出るも、
王太子は甘い言葉でフェリシアを離さず !?

●角川ビーンズ文庫●